U0057285

每個人心中都有一座島嶼，

藉文字呼息而靜謐，

Island，我們心靈的岸。

甘耀明
喪禮上的故事

目錄

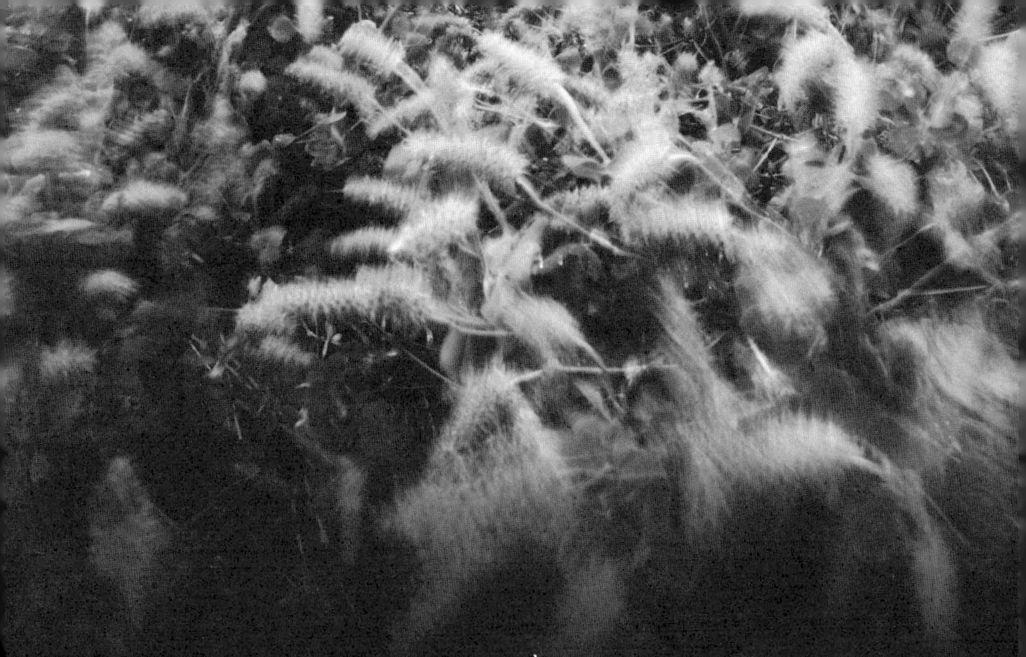

永眠時刻

麵線婆的電影院

我的阿婆是老頑童，不按牌理出牌，連過身時也是。

那是寒冬之時，陽光正暖，不搬藤椅坐在屋簷下，實在對不起天氣。阿婆躺在藤椅，看著白雲在藍天這大舞台上演出，幻化無窮，多點詭麗的異想，絕對是免費又好看的電影。

在風停時刻，「白雲電影」下檔，她閉上眼休息，手中抱著阿公生前留下的臉盆，臉盆裡躺著貓。她對貓說故事，正是剛剛「白雲電影」演的，情節是一匹日本時代的戰馬渡過家門前的小河時，遭河蚌夾了兩個月，最後力竭死亡。那隻蚌靠馬血過日子，活得更好，隨馬匹橫渡大安溪，一路南下，落腳在百公里外的濁水溪。這就是濁水溪血河蚌的由來。

她說完這故事，嘆了一聲：「這時候變成白雲，飄到高處，就能看到更多故事。」接著她放慢呼吸，直到懶得呼吸，就此離開世界沒有再回來。阿婆於八十六歲過身，算長壽了。她長壽的祕訣，竟然是聽故事，甚至靠這治病。

其實，阿婆在年幼時差點死去。根據家族傳說，阿婆六歲時，生了重病，持續昏迷，死亡的大關即將到來。對有十個孩子的家庭而言，損失一個會不捨，但農忙與粗活會令人無暇悲傷。曾祖父要用草蓆把六歲的阿婆下葬時，曾祖母不忍，隨意膨脖個小故事，算是給「屘女」（最小的女兒）的禮物。這故事再簡單不過了，一隻充滿哲學的羊如何倒立生活了半年，直到所有的羊學牠倒立。

阿婆咳了，胸部劇烈起伏，對溫暖的故事有反應。她從鬼門關跨出來，往人世間多靠一步。曾祖母認為是好徵兆，自此，她抱著阿婆，到處拜訪，邀人講故事當療藥。一則則的故事，無論悲傷、喜悅的，像良藥從阿婆的耳朵灌下，「故事藥」的療效將她從鬼門關拉出來。漸漸的，阿婆不只下床，更是活蹦亂跳，說話機靈，就像嘴裡隨時能飛出麻雀。她活得好好的，調皮搗蛋樣樣來，氣得曾祖母得罵她「死小孩」。

阿婆的腦袋絕對是魔法「簞笥」（衣櫃），聽來的故事藏在裡頭。而且，她將故事收納，冬天味的歸在一起，秋天味的疊一堆。要是過了好一段時間沒聽到新故事，她會蹲在樹下，吃著烤番薯，將腦袋裡的老故事說給自己聽，將地上擺的石子當作主角，移來移去權充走位。

這種自言自語、自得其樂的遊戲，要是發生在阿婆小時候，外人的評價是正向的「可愛、機靈、太會說話了」。等到阿婆稍長，卻批評她「怪怪的、快給恩主公當義子」。最後，有人斷論阿婆得了精神病。對老一輩的人而言，小孩能吃能幹活，只要死不了，管他得什麼病，所以阿婆自言自語的毛病，雖然特別，也沒有到達得以醫治的地步。

阿婆出生在西元一九二二年，沒受過教育，知識來自生活。她十二歲時，學會了她這輩子以來最偉大的事——寫名字。對從來沒上過學、也沒有資格上學的小女孩而言，名字是隱形的，除非懂得用筆的力量召喚。教她掌握這道力量的是曾祖父。然而，阿婆懂得寫名字那年，曾祖父去世了，死於肺炎。阿婆每次寫自己名字時，總會想起自己父親交給她的這項唯一遺產，無比珍貴。

曾祖父的離開，讓曾祖母難過不已，白天幹活還好，腦子沒得想，夜晚躺上床時，曾祖父的身影像鬼魅般爬進她的腦袋賴著不走。她的腦子沒得休息了，抽抽噎噎，淚水直流，老想著丈夫生前的好與壞，這時她會拿髮簪在楠木製的床柱劃一橫。劃在床頭，表示她想到丈夫的好；劃在床尾，想到是壞的。可是，她發現床尾的線條越劃越多，彷彿丈夫是惡人，來世間折磨人，而且對他的離去不諒解，這足已讓她狠狠再劃上一筆，力量之大，木柱發出淒厲的聲響，然後，曾祖母大哭起來。

深夜裡，她的哭聲驚擾了阿婆。這位十二歲的小女孩，打赤腳，拿蠟燭，摸黑爬上曾祖母的床，搶下髮簪往床頭柱劃上一橫，再劃一豎，又劃一橫，沒有間斷過，把曾祖母先前劃的刻痕補成了字。原來阿婆在寫名字，整個家族的人列在上頭了，從曾祖父、曾祖母，以及十名子女都有了。

「這眠床是一條船呀！現在開始，大家在一起，沒人離開了。」阿婆端著蠟燭說話，鵝黃跳動的燭光敷在臉上，她聰慧一笑。

接著，阿婆爬到鑿滿了憤怒與缺憾的床尾，那刻痕好深。她照樣用髮簪替每道刻痕補上幾筆，瞧，它們成了龍葵、野兔、烏鶖、鯽魚、茶杯等圖案，線條拙劣了些，但不會誤認成他物。

「那山羊有什麼意思呢？」曾祖母問。

於是，阿婆回憶一則曾祖父與山羊有關的故事。牠走失在澗谷，曾祖父怎麼將牠從險地帶回來。後來，山羊把曬穀場的草啃乾淨，成了省油又全自動的除草機。

「那隻鯽魚呢？」曾祖母又問。

於是，阿婆又講了曾祖父在溪邊淺水灘救了隻鯽魚的故事。他把牠放回河裡，魚不肯走。曾祖父便把魚養在貯水缸，魚則吃孑孓回報。牠是天然的淨水器呢！免費的。

「蜘蛛呢？」

這下，阿婆又講了一則怪事。年末大掃除時，曾祖父不忍心用掃把將屋角的蜘蛛絲清除。哪知道，蜘蛛報恩，在門口上結了強力蜘蛛網，不用怕蒼蠅、蚊子打擾了。

好啦！阿婆的說話聲吸引了家人。九位兄姊從各自房間走來，聚在那醞釀自己生命的床邊，聽阿婆說故事。有的故事熟稔，但阿婆述說的細節超出大家的記憶。有的事件微不足道，大家已經遺忘，經過她重提，生動極了。在那晚，曾祖父的生命故事在大家眼前演出。就著打顫搖晃的燭火，床柱的圖案隨每則故事，搖晃線條，像黏蠅紙上不願垂死的昆蟲在努力掙扎，啵一聲，牠們離開木頭，凌空舞動，夢一樣虛幻，卻充滿力量。

每個人不時發出笑聲，不時眼眶充滿淚水。曾祖母懂了，自己的丈夫未曾死去，只是離去，而且活在大家心中。天會亮，越來越亮，多虧阿婆說的故事，曾祖父的形象在陽光下一樣美好清楚。而那張床成了搖籃，曾祖母每晚睡去時，總會夢到最美好的畫面。

阿婆用「故事藥」治好自己母親的悲傷。然而，阿婆也有悲傷，對這十二歲的女孩而言，以悲傷來說太沉重，應該說是她難過。沒錯，她難過世上的故事太少了，便趁天亮跑出去，到村子找故事「解渴」。

這座村子叫三寮坑，阿婆出生在村界。村子像早期台灣大部分的地方，生產芎蕉、稻米、地瓜，水牛到處走動，白鷺鷥點綴天空，淳樸安靜，充滿了悲歡離合。她總是打赤腳，揮著手，奔向村莊，貪婪的找故事。她走過牛棚，拿草逗弄牛，以示友好。她走上田埂，張開手，讓隨風搖擺的稻尖搔弄掌心窩。她可以直接到廟邊的茄苳樹，那裡聚集了愛遊戲與打架的小孩。但是，她喜歡繞路，往河谷方向走，沿途經過鳥巢、蛇窩與一座清朝古墳，這樣能看到更多故事。

她常對墓裡的人說話，好得到回應。最常得到的回應，不是沉默，是路人驚訝的說：「你們聊，我先走了。」

「那我繼續說吧！」阿婆回答完，回頭又跟古墓裡的人聊：「就你最好，不論我說什麼、罵什麼，都不會走開呀！偶爾跑到我的夢裡，誇獎說：『我躺了這麼久，骨頭生菇（發霉），幸好妳囉唆，我才覺得很生趣。來，小阿妹，我給妳一跪呀！』我說呀！墳墓裡的好兄弟，我可以繼續跟你講話，但千萬別跪了，我會折壽。對了，你以後來我夢裡也跟我講幾個故事，不要老是像剛嫁的小媳婦，委委屈屈，講個話喘得像快渴死的鯽魚。對了，說到鯽魚，我來說個有關牠的故事好了。」

沒錯，古怪的阿婆總是「碎碎念」，於是有「麵線」這個綽號，客語是囉唆的意思。要是看過人家吃麵，吮麵條時，嘴巴發出窸窸窣窣，便能體會這辭彙多麼精準。隨年紀增長，她的綽號從「麵線」升級成「麵線姊」、「麵線伯母」，最後成為「麵線婆」了。

她「不走大路、專走小徑」的怪癖，搞得自己像是躲債的傢伙。然而，她這樣做有道理的，比如之前講的，她到廟口找朋友，卻迂迴走了個僻徑，發現有的沒的。走遠路越有故事，如果加上好奇心，走了上百回的路也像第一次走時令人充滿驚豔，還能跟古墳聊上幾句。這就是阿婆。

說起來，阿婆很少離開三寮坑。她在這成長、結婚、生子、病老、死亡，經歷了悲歡離合。所以，她深信天上白雲變化就像三寮坑人世的倒影，這「白雲電影」百看不厭，也很費解，得花點想像力才能看透，即使過身前也不忘藉此娛樂一次，分享給貓聽。

阿婆常說：「快樂時，把喜悅帶給他人；悲傷的，自己哭哭就好。」可是她又說，不論是悲傷或快樂的故事，都給人喜悅。她愛聽故事，生前便計畫好了，身後要求大家來她的喪禮上講故事。

她說過，她的喪禮上如果有電子花車綜藝團，車殼展開，射出七彩霓虹燈的那種呀！也可以。如果是鋼管女郎猛扭屁股，渾身起乩的那種，也可以。如果傳統的「五子哭墓」，假哭得讓擴音器爆音，也可以。她說，反正那是你們後輩的心意，她不會抗議，唯有要求在守靈時，那些路過的、奔喪的、看熱鬧的人能到靈堂前，好好講個故事，不管她有沒有聽過的都行。之後，火葬，燒個乾淨，死亡不過如此，重要的是如何活過時代，而故事是唯一的足跡。一個人活過，必然有故事。

我是阿婆的孫子，負責在喪禮記錄故事，整理成冊。這些故事在陳述時，有些沒有條理系統，端靠我整理。然而這本書所陳述的故事，不論是否誇張、詭異或悲喜，確實曾發生在這塊土地，甚至是你我身邊的故事。

至於我是怎樣的人，各位讀者不用費心了，畢竟這不是在徵婚呀！

第一個故事
微笑老妞

過身的是我媽媽，我是她兒子，排行老大。好啦！第一個故事由我來說，有點長，作為暖場好了。以下所講的故事無關乎我媽媽，重要的是，她也喜歡這個故事呀！

是這樣的：

有好幾年，我們家沒有耕牛。沒有牛，自己耕，回到百年前的老方法。我們幾個兄弟合力拉繩子，繩子拖著鐵犁。控犁的是我爸爸。在烈日下幹活，可真難受，嘴唇發白，汗水直流，做完粗活後關節都快綻開了，癱在田裡喘息，直到傍晚才有力氣起身回家。

最苦的不是累，是傷口痛。拖繩在我的胸口反覆摩擦，烙下痕跡，恰巧是從左肩到下胸的長條狀模樣。糟糕了，衣服與傷口緊密結合，脫不下來，用蠻力扯會扯下肉塊。所以囉！我有一星期沒換上衣，洗澡時，把皂泡抹了全身，包括那件脫不下的上衣一併洗。之後，把衣服擰乾，坐在田埂上，用微風和自己的體溫烘乾衣服，這才回床入睡。

「這問題不大，我來解決就行了。」某回我弟弟靠過來，安慰我。

「怎麼解？」我說。

「這件事先不能說，包在我身上吧！」

隔天照例拖完犁，累癱了，餓扁了，睏翻了。洗澡時，我脫掉褲子，獨留那件脫不去的上衣，閉眼蹲在地上，等待弟弟搓把戲，把我身上那件又臭又爛的抹布變不見。

他說，他數到三，衣服便消失了。他才數到二，一腳蹬住我屁股，兩手把衣服往上掀離我的胸口。哇！痛死我了，像大卡車輾過胸口，再撒上醋與火炭。我當下蹦了半天高，回頭跟他扭打。我踹他肚子，他砸我臉頰，難纏的場面像是從雞肚裡掏出來的內臟。爸爸從客廳跑來，得知了原委，當下嘆氣，說：「好啦！年底，我們存夠錢，買頭牛就行了。」

時間倏忽來了冬天。天氣清朗，亮豔的油菜花瀰漫了田野，蜜蜂採蜜。我爸爸吃完早餐，出門走過油菜花田，買牛去了。看他那身行頭，頭戴斗笠，腳穿雨鞋，可是中間穿了一套深藍色的西裝，套句現代的說法只能用失敗的「混搭」形容呀！

這西裝來由，是家門前有個「髮夾彎」，外人時常摔車，留了些死人衣之類的。爸爸拿回來，為了省錢，由自己扮起道士作法，一陣咿咿喔喔後，誇說衣服「乾淨」了。他出門穿上這套，自豪得很，一路連說「派頭」。不苟同的家人嫌丟臉死了，讓他獨自坐車去買辦。

爸爸在車站等好久，公車才慢吞吞來。車上瀰漫動物、人體與機油的濃烈腥味，引擎瘋狂吼著，窗戶咯咯響跳動。爸爸才上車，全車人的眼神都殺過來，包括幾隻運送的雞鴨。這時候開始，爸爸心跳加快，手心冒汗水，瞳孔擴張，終於體會到上刑場的滋味了。

「先生，要去哪裡？」車掌小姐說話了。

爸爸緊張了。車掌小姐的後頭，掛了「禁止說方言」的木牌，黃底黑字，像聖旨高高在上。這下糟了，爸爸講客語為主，國語能力比外國來的傳教士強幾句而已。他支吾說：「我、我、我……要……去……買……」腦筋與舌頭打結。他忽然懂了，要是說去買牛，暴露了自己身懷鉅款，要是遭小偷覬覦就完了，逃也逃不出這車廂了。

爸爸腦筋一轉，原本要說買牛，改喊：「我要去『買妞』。」

「買牛」變「買妞」，一音之轉。全車的乘客瞪他，只見眼前的怪衣人，從腳看到頭，一身濁氣，再從頭看到腳，一身賊氣。大家指指點點，連公雞也發出嗚叫。

爸爸知道說錯了，馬上改口：「我要去買鈕釦。」並且指著自己西裝缺鈕釦的部位。

從「買牛」、「買妞」到「買鈕釦」，爸爸的舌頭跌宕三回，可想而知，接下來三個月全村有話題可談，而且公車沿路撒下的旅客會將笑話傳得更廣。不過這還沒結束，向來有耐性的車掌小姐，這時才說：「我管你去買什麼，我問『你要去哪裡』，是問你去哪一站，不是去哪裡買東西。」

他買了張票單，目的地是三十公里外的三義，那有個賣牛的「牛墟」。他往車後方去，選個靠窗位置坐。事情沒這麼簡單，他與行車方向逆行，甚少坐公車的他馬上暈車，內臟像沸水在體內亂竄，早餐從胃裡衝出來，被他攔在嘴裡。他靠意志力撐到位置，打開窗戶，把早餐吐出去。窗外風強，一併把他胸口裡的鈔票一張張捲走。他摀緊胸口，可是有一半的鈔票飛走了，落在一位路邊洗衣的老阿婆身上。阿婆從此蹲在那，期待傳說再現：公車上的有錢人用鈔票當衛生紙，擤鼻涕或擦嘴巴後，丟出車外。

爸爸花了大錢製造了這則傳說。而且，他鄉下人的自卑心作祟，不敢拉線鈴下車撿錢，癱在座位上發呆，讓公車載他往三十公里外，深覺一路的窗景扭曲成了煉獄噩夢。

之後，他到達牛墟，看盡牛隻，卻沒人理他的價碼。到了傍晚，牛販走得差不多了，廣場剩下無數牛糞與蒼蠅，這時候，他看見一頭牛孤單的在夕陽下，樣子孱弱。爸爸走去，看見那隻老母牛老是對他微笑，甩著尾巴趕蒼蠅。

衝著微笑，爸爸檢查了母牛的狀況，蹄子灰白、左眼青瞑、耳朵老垂，沒有一項能證明牠的健壯。最後，他掰開牛嘴，檢查牛牙齒。健康的牛有八顆牙，這頭老牛剩三顆。爸爸估算牠有三十來歲，頂多再活兩年。

老母牛的主人，是瘦小的男孩，打赤腳，老是低頭，頂上的癩痢頭疤挺嚇人。男孩把手中的牛繩抓得牢牢的，看著腳趾。

我爸爸用客語問：「你從哪來？」

小男孩抬頭，臉好髒，頭髮纏亂，眼睛卻好亮。他用閩南語說：「通霄，我走了半天才到這。」他手指海岸方向。

我爸爸順著小男孩手勢看去，那裡除了山，還是山。通霄靠海，山的盡頭會伸入海洋的懷抱。此刻，從海邊來的霧，淡淡的妝扮那些山脈，似有似無。

「我是從獅潭的三寮坑來的。」爸爸指著中央山脈的方向，也順自己的手勢看去，那裡除了山，還是山。在山與山的縱谷間，有條河流，他從那裡來的。山脈在夜色的瀰漫下，多麼濃黑。

小男孩把手中的繩子舉起來，張開手。這動作似乎表示，他把接力棒從海邊帶來，你可以接下棒子，往山裡跑去。

這場生命力的接力賽，由爸爸接手，毫不猶豫的把錢掏出來付。他上路，走回家去，走了幾步回頭：「這頭牛叫什麼名字？」

「火金姑。」小男孩說罷，站在那直到爸爸與牛走入山色中消失。

家裡的反應呢？爸爸出門後，家人搬了板凳，坐在路邊等。四小時、八小時過去了，路過的每輛小貨車帶來希望與失落。接著，太陽落下山，星星升起，山崗落起了濃霧，要瞧到什麼都難。天這麼黑，霧這麼大，爸爸買牛去，怎麼還不回家呢！我們複雜的心情轉為擔心。最晚一班公車過站後，我和弟弟拿起農藥袋裝雜物，上路去找錯過末班車的爸爸。我們知道，不斷走下去會在三十公里間的某段與他相遇。

頂著寒冷，走上冰冷道路，在十公里外，我們遇見爸爸。他不負眾望，買回了一頭強壯的公牛。牛的肌肉發達，步伐聲穿透濃霧。我與弟弟興奮的跑去，卻驚愕不已。

原來，隔著濃霧看是猛牛，近看卻令人不堪。牠是老母牛，睫毛掉了，眼帶濁光，尤其是幾乎垂掛到地上的乳房，嚇死人囉！牠是「老阿婆牛」。爸爸怎麼了，買廢物回來幹麼。我們一路又是數落、又是挖苦爸爸，心情壞極了。我那時十五歲，弟弟才上國中，卻不理解爸爸也是人，也像小孩會犯錯。

「這頭牛的主人，是比你們年紀還輕的小孩。我看，他真的需要錢，或許是家人生重病，才出來賣牛。」

「你沒有問，怎麼知道他家有人生病？」我埋怨。

「我是沒有問，但聞出來了。」爸爸攤開手，要我們聞牛繩。

我聞到一股中藥味，淡淡的，或許是當歸、龍膽草、人參之類的。我還聞到鹽味，那絕對不是手汗，是更純粹的海洋味道。這證明了牛來自沿海的地區，而且，牠的主人經常煎中藥。

「那也用不著買這麼老的牛啊？」我又抱怨。

「牠不老呀！而且，牠還救了我。我買了這頭牛後，身上沒錢了，只好走路回家。

路上，山路曲折，岔路更多，又起大霧。還好，這頭牛像『火金姑』一樣能看透濃霧，找到回家的路。而且，我和老牛連續走了八小時，爬過好多山，證明牠很強壯。」爸爸說。

「對了，牠有個特點。」爸爸又補充。

「牠會拖穀袋？」

「應該會吧！」

「牠會扛大木頭，還是下廚煮飯？」我冷冷的說。

「牠會笑。」爸爸拍了拍老牛的肩膀，說：「笑一個。」

老牛笑了，露出蕉黃的牙齒，我只能苦笑帶過。會微笑的老牛能幹活？要是笑能解決問題，全家在田埂上扠腰大笑，哪用得著彎腰下田。至於弟弟，猛踢地上石子，看得出他內心的憤怒有多深。

我們牽牛走在碎石路，牛蹄踩過，發出輕微聲響。這時候，霧氣淡了，不久散得乾淨，天空晴朗，星群好濃密。天頂發亮的銀河顫著皎光。我仰望天際，想起牛郎織女星的傳說，還有，牛郎騎著的老笨牛，此刻想起這故事實在多於無奈呢！

回到家，老牛休息了兩天才上工。如大家所知的，老牛是木灰捏的，馱了軛就喘，走路就抖，下田就晃，拉起牛犁乾脆趴在爛泥上，差點淹死在一吋深的水中。這下好了，我們當牠是太上爺，牽到田埂休息。照例的，回到百年前的老方法耕田。幾個人拉繩，繩子後頭拖犁。這項消息很快傳出去，大家跑來看「人耕田，牛休息」的奇觀。這事成了「甜點」，從此適合大家茶餘飯後拿來品嘗，吃得笑哈哈，還給「老牛」取個「老妞」的綽號。

兩個禮拜後，春耕結束，我們累得腿發抖。村人遇見我們，自動來關心，開口不外乎是：「老妞哪買來的？」「老妞呢！這幾天牠還好吧！」或者「我說那隻老妞呀！奶子垂到地上當掃把了，哈哈哈。」之後捧著腰笑，說不下去了。

至於全村唯一喜歡老妞的是我阿婆。她說：「這隻牛怎麼看，都滿像我的模樣，又老又不中用了。」然後，她也笑呵呵的撫摸牠。

就在這時，爸爸宣布了好消息，要把老妞賣了。當然，村裡沒有人會買，凡是農夫都不會買被稱為「一攤廢皮」的老妞。爸爸的意思，是把老妞賣給屠宰場殺了。這是農村慣例。一頭牛，不管多麼勞苦功高，等到牠腿斷了、眼瞎了、蒼老了，即使愛牠，也不會養到終老，得趁牠還有呼吸時，賣給屠宰場，用錐子從頭蓋敲死，肢解販賣。老妞的命運成了定局，沒功勞，屬笑話一則。我們毫無惋惜，想快速的把這道「甜點」送走。

可是，故事沒這麼容易結束，老妞送宰的前兩天，我阿婆走失了。阿婆有摘草藥的習慣，給自己治痛風。她那天出門，到了晚上還沒回家。夜雨下得兇，在窗上炸出濃霧般的水花。家人擔心死了。爸爸估算，即使雨停，如果阿婆在山裡待上一夜，也難逃失溫命運。他向村人求救。

村中出動了男丁，穿雨衣，拿手電筒在山裡找。夜好黑，雨嘹亮，呼喊阿婆的聲音發揮不了作用。眼看情況越來越糟，我想起老妞，牠的左眼青瞑，右眼卻明亮得像螢火蟲，能在夜裡穿透濃霧，引領爸爸回家。如果這樣，牠也能夠帶領大家找到阿婆。

爸爸照我的意思，從牛棚牽出老妞，解開繫在鼻環的繩索，在牠的兩牛角各掛上礦燈，說：「去吧！找到我阿姆，你就自由了。」然後，拍牠的屁股驅趕上路。

「去吧！去找吧！給我們看看你的『才調』（本領）。」我喊。

我們躲在後頭遠遠的，給老牛自在。牠在牛棚兜幾下，走入雨中，大雨灑在牠身上，形成霧氣，朦朦朧朧。要不是有響亮的牛鈴與礦燈指引，這場雨可能讓我們也失去老妞的蹤影。老妞走得慢，這裡晃，那裡轉，餓了又啃兩口草。跟在後頭的我們可急了，雨下在燥熱的身上快沸了。過了好久，老妞走上阿婆慣常走的山道。雜木矗立，承受雨勢的樹葉像擴音器放大了雨聲。老妞的身影越來越模糊不清，我們也聽不到鈴聲，只看到礦燈在林間幽滅。

老妞在山路上兜了一會，忽然間，傳來哀鳴，掉落山谷。我們跑到老妞失足的地方，往下看去，又黑又深，也越看越嚇人。這時我們也發現，老牛頭上的兩盞燈相距有十餘公尺，到底發生什麼事了？

我們躡著腳尖，往下探，下行了數十公尺，首先看到一截斷裂的牛角卡在粗壯枝枒間，燈掛在牛角，雨在燒燙的燈殼蒸出霧氣，發出吱吱聲，淡淡的，好哀傷的一盞燈。老妞受傷了，再也無法擔任搜索阿婆的任務。

當我們來到溪谷，卻眼見動人的一幕。老妞斷角的傷口冒血，雨水把牠的頭糊成了爛番茄般。可是，老妞只失去一盞燈，另一個牛角還掛燈，明晃晃。那圈小小的礦燈照亮我們尋找的人。沒錯，阿婆躲在橫倒的大樹下，幾乎像孩子一樣發抖。老妞微笑，用巨大的身體靠去給阿婆溫暖。

「你用微笑對付世界，我的整顆心也熱了。」阿婆鑽到老妞鬆垮垮的奶子下，那不只像一把傘遮雨，還像棉被散發溫暖。

世界仍在下雨，又冷又寒，老妞的回應總是微笑，沒有比這種語言更簡單的了。牠以微笑化解所有的困難。

我們帶阿婆回家，給她薑湯與乾衣服。她說，她跌落山谷後，再也沒體力爬上陡坡，眼前暴漲的溪水也斷了路。她沒轍，躲在樹幹下，以為熬不過夜晚，再度睜開眼時卻看到一圈燈光照亮的微笑，那是老妞，不覺流下淚水。

原來呀！老妞跌落山谷不是無意的，牠是為了趕快找回阿婆。自此，牠也得到報償。爸爸不賣掉牠，視老妞為家中一分子，由我負責照顧。

鹹魚能翻身，老妞也能。老妞救了阿婆，在家中地位提高，在外頭也是。至於老妞有哪些優點，成了村中旋風，讓我繼續來說吧！

首先，老妞是三寮坑唯一的母牛，連公牛也對牠痴。人家說「當兵三年，母豬賽貂蟬」，牛的世界也是。村裡的公牛鮮少看過母牛，或許在公牛眼中，母牛本來就這樣美：老奶垂地、皮膚鬆弛，牛角斷了一根。每當那些公牛發情，經過家門前，總會對老妞激動的狂鳴。

「你們聽，那些小夥子愛上我們家的老阿婆了。」阿婆笑呵呵說。

第二呢！老妞老，還有奶。我餵牠青草，趁牠享受時，手往牛棚撈去，拉出奶子。牠的乳房鬆軟，奶頭被揪出來也不疼。我湊上嘴吸，生奶的腥味強，滋味可是無窮。我吸著吸著，瞇眼趴在牛欄杆上享受，轉頭看，左邊是弟弟、右邊是妹妹，他們也來分一杯羹。

第三，老妞真會拉屎。牛一天頂多拉四坨屎，老妞拉七坨，甚至更多。我時常扒牛糞，曬乾收拾。這證明老妞的消化系統強悍，贏過磨礱。牛屎功能多，當肥料外，也能當土牆的「黏著劑」。早期的屋牆工法，以竹子編成牆骨，再鋪上泥土。土裡摻了稻殼與牛糞，尤其牛糞含植物纖維，黏著性強。再來呢，稻穀收成後，選塊農地用碌碡碾平，鋪上牛糞。最好吃的米是牛糞曬穀場曬出來的，曝曬長，受熱勻，粒粒乳透，飽含芬芳。其次好的稻米，是由水泥地曬出的，最差的是由烘焙廠烘出來的，有股鏽味。多虧這些牛糞曬穀場！天呀！我家的米曬出來的品質，好到沒話說，價格也好上一成。

第四點，老妞讓我出盡鋒頭。這得由「搵浴」說起。老妞是水牛，下午天氣熱時，要帶到河裡泡澡降溫，這叫「搵浴」。這時候河邊處處是牛，在平靜的河裡露出牛脊與牛頭，不時發出鼻孔大力透氣的聲音。好位子都被佔光了，又沒人讓出「博愛座」，老妞可艱苦了，只能窩在疙瘩似的雜石間水域泡水。要到這地方，還得穿過被曬得又熱又白的石頭，老妞走過時，一上一下，背上的肩骨聳得特別高。

某次牠跌入水中，落入深潭浮沉。當牧牛童吆喝來看淹死牛時，老妞在潭中游起來，姿態從容優雅。從此，老妞獨享了深潭區，誰也搶不走。我有時也會下水，游上牠的背，拿起木板當船槳划。當圍觀人群多時，我站上牛背，往老妞脊骨踩去，牠翻身游起仰式。老妞這招能撐足五秒，夠我爬上牠的肚子表演，像躺沙發椅，蹺二郎腿，還把那幾對奶子從左右兩邊拉到胸前當安全帶綁。那條河前後三公里的牧牛童，都看過老妞表演，稱讚有加。相形之下，那些頭上有五個髮旋、牛角紋深、後腿發達的公牛，只能當觀眾了。

你要是有一隻不會耕田，但其他都行的老妞，會遭人嫉妒。

當我牽老妞時，那些牧童看了，眼紅說：「看，一隻好大的獨角仙。」當我蹲在草叢大便時，那些牧童看了，高喊：「喲！看呀，那個老妞的誰呀，他也變成沒雞雞了，蹲著尿尿。」連路過的公牛都哞哞大笑，只剩下老妞憐憫我，哞哞叫，舔著我。

在牧牛童之中，常對我挑釁的，就屬村口的「阿舍牯」——這綽號意謂他是「有錢人家的小男孩」。他的臭屁仰仗他的牛來的。說到那隻牛，脾氣大，個性刁鑽，專門吃人家的稻秧。當然囉！這種牛歸為「戰神」。我這樣說牠，意謂整條流域中，牠向來是鬥牛賽的大贏家。

鬥牛時，兩牛以雙角相頂，比蠻力，也比技巧，只要其中一頭棄逃，勝負便分曉了。「戰神」的特徵是鼻子裂開，甚為恐怖，那是某次戰鬥的傷跡。那次鬥牛時，牠不顧鼻子被戳壞、臉上噴血，也要戰到對方夾尾巴逃跑。

有一次，我與阿舍牯在小徑相逢，各自牽著牛。阿舍牯故意戳了「戰神」的腋窩，那是牛的敏感地方。「戰神」耍性子，猛甩頭，把擦身而過的老妞擠了。老妞本來就是浮萍步伐，一碰就散，往邊坡連滾兩下。

我費了好大的勁，才把老妞拉上來，罵牠幾句：「飯桶，人家碰妳就倒。妳除了拉屎強，奶子長，還能幹麼？」

這罵完全沒用，改天遇到「戰神」，老妞照樣嚇壞了，扭頭就跑，不顧繩子還在我手上，害得彼此在拉扯。這氣死我了，幾個月來照顧老妞的脾氣全湧了出來，看到牠就念幾句。可是老妞呢！也不知道是活夠了，還是脾氣溫良，也不頂我，也不哞我，乖乖聽我罵，還報以微笑。因為這樣，我反而更氣，怎麼會有一頭牛沒神經、傻乎乎似的，一輩子用善良的眼睛看世界。

又有一次，我與阿舍牯在小徑相遇，各自牽著牛。冤家路窄，狹路相逢。我知道阿舍牯會用賤招，以「戰神」推擠。我卻沒轍，白白受辱。離開時，我氣得對阿舍牯說：「有什麼了不起，我們來鬥牛吧！你要是輸了，就乖乖吃完老妞的大便。」

阿舍牯大笑，接下戰帖，還用反諷的手法到處招搖，說他家的「戰神」害怕了，要嘛是被老妞的奶子壓死，要嘛被糞便淹死。真的，我對老妞沒有信心，摘了土人參給牠強身。比起可口的青草，帶味的土人參，好比苦瓜對我的滋味，難怪老妞不愛。我拿棍子撬開牠的嘴，強迫牠吃，就怕戰鬥時在三招內輸了。

決鬥的日子，選在兩天後的河灘。比賽當天，附近的小孩都來觀看，還下賭注。沒有人賭老妞贏，組頭很快宣布賭局解散，大聲說：「這是三寮坑有史以來最無聊的比賽。」沒賭局，卻來了有史以來最多的村童，見證「老ㄋㄟㄋㄟ壓死牛」的戲碼。總歸一句，我給老妞吃太多土人參，營養豐富，牠奶水多，乳房膨脹，我簡直是拖個大水球上場。

比賽進入倒數計時了。老妞與「戰神」相距五公尺，等一聲令下，便以頭衝撞。鬥牛的訣竅是「上發條」，主人猛轉牛尾巴。牛吃疼，脾氣大，鬥起來才精采。「戰神」那邊三人一組，兩人抓牛角，阿舍牯在後頭「上發條」。他把發條絞到底，牛尾快滴出血了，抓住牛角的兩人傾斜身體，用腳抵地，阻擋「戰神」再往前衝。

「好了嗎？我快撐不住了。」阿舍牯以求饒眼神，希望我備妥。

「快了，等一下。」我回應。

說實在，老妞這邊，不用人抓牛角，我獨自作戰上發條。可是呀！牛尾快被我絞斷了，老妞仍沒氣力，一副「反戰派」氣度。有的觀眾不耐久候，拿石頭扔老妞。老妞也不叫、也不怒，微笑不已，或許對牠而言，世界都該這樣，沒有什麼能影響牠的情緒。

我急了，忙著找激怒老妞的方法，急中生智，拿石頭往老妞斷角的傷口處戳去。這招有效，老妞哞叫了，那一聲不知道是生氣還是嘆息，一旁的裁判逮到機會揮起野薑花，大喊：「開始。」兩方人馬趕緊閃到一邊。這時候，觀眾的各種情緒瞬間達到高潮，卻沒有發出聲音，靜觀一場戰鬥。

「戰神」，一如牠的封號，五個髮旋的頭下壓，眼睛上吊，逞出牛角，四隻強壯的腿把牠像箭一樣射出去。

可是，老妞呀！老妞，牠站在原地，甩動尾巴，搧動耳朵，發出一種似曾相識的微笑。那一刻，我懂了，老妞這幾個月以來掛在臉上的微笑，我知道在哪看見了。是那一夜，爸爸首次帶老妞回三寮坑，我仰看牛郎織女星，滿天的星星對我微笑。

這老妞，肯定是天上的星星下凡呢！要是我早點看懂那微笑，就不會強迫老妞上戰場了。

來不及了。砰一聲，「戰神」撞上微笑老妞。老妞往後飛了幾公尺，趴在地上，牠掙扎起來。可是，停不了的「戰神」直衝，踩瞎牠的雙眼。老妞嘶鳴，從地上撐起身子，往前衝去。我第一次看到老妞跑得快，像一張飛氈，要是碰到障礙，瞎眼的牠猛撞幾下，便繞過去。牠離開大家視野時，不只從眼眶，也從頭上傷口流出鮮血。

觀眾陸續散去了，世界恢復安靜。我獨自坐在河邊，心情糟透了，根本不想追回老妞。或許，我心裡想的，是無法面對一頭受傷極深的牛，是我害了牠。傍晚來臨了，蟲鳴在河畔吟唱，一隻食蟹獴從草叢露出頭，又消失了，接著一群白鷺從水澤忽然衝飛到滿天的霞雲中，四周暗下來。我在河邊的時間結束了，端起身子離開，真正難的從此開始，我得回家面對問題。這才是負責。

我爸爸給我一個耳光。那耳光好扎實，連耳背的阿婆都從房裡走來瞧。很快的，阿婆阻止我被打，搡著大家，提燈快去找老妞。我們回到河邊，順著地上血跡尋去，在幾座山外的老茄苳樹下找到老妞。牠靠在樹幹喘息，氣息快喘光了。

山脈這麼壯闊，黑夜如此濃稠，道路更是漫長，要找到老妞好難。我們這麼快找到牠不是偶然，是天注定的。那是因為，老妞在發光，變得好巨大，遙遠之處便能看見。我們是憑著光亮找過來的。那溫暖的燈光，好亮，使得我們必須熄掉手電筒才能靠近。

那些光，不是老妞身上具有的，是螢火蟲。牠們飄在四周，靜靜圍在老妞身旁。因為如此，我們看到的老妞，是膨脹無比的光圈，光圈中有個像蠟燭黑芯的是牠的身軀。好美，幾乎讓人不敢逼視。

「菩薩保佑，牠還活著。」阿婆大喊。

「可是，牠全身是血呀！」爸爸說。

我喊了一聲：「老妞，來，我們回家去。」

牠聽到我的呼喚後，發出悲嗚，繞著樹幹走，布滿傷口的身軀不斷冒血，樹幹被抹得鮮紅。牠繞著樹打轉而沒離開那，腳步蹣跚，螢火蟲也盤桓在四周，保護牠似的。我知道了，牠恨我，恨我推牠去打鬥，聽到我的聲音便發怒。我一個勁的流淚，再多的懊惱與悔恨也換不回老妞的健康了。

「火金姑，停下來吧！」阿婆喊著。

這最初母語的呼喚下，老妞停止繞樹，依在樹幹喘氣。阿婆輕巧走去，像個少女模樣，她越走越近，螢火蟲形成的光膜被推出一道抵抗的弧度，直到「啵」一聲阿婆便擠入光裡。多虧亮度，我們看到阿婆接下來做的事。她脫下手腕上的佛珠，掛在牛角。之後，她脫下外衣，往老妞蓋去，再脫下另一件上衣，覆蓋在老妞下身。

我這麼說了，阿婆沒有衣服遮蔽上半身了，露出皺褶皮膚與快鬆弛到肚臍的乳房——這是養活家族的偉大功臣——阿婆這樣做，是將這輩子修來的功德與老妞分享，把牠視為家人看待。

最後，阿婆解下牛鼻環，告訴牠：「火金姑，投胎去了，下輩子妳就成了好人家的孩子。」

老妞微笑了，闔上眼睡去，跟菩薩去修行，整團光也飄起來。其實，牠不算飛起，是流動在牠四周的螢火蟲忽然飄起來，往茄苳樹冠飛去，寧靜、盛美又光亮無比。我抬頭看，光點往天散，彷彿回到滿天星斗的所在。那一夜，星星們又亮又白，眨笑不已，連銀河也有了嘴角微笑的弧度。

第二個故事

面盆裝麵線

老妞故事講完了，不過，沒有外人接著說。好吧！我講個關於阿公與阿婆的故事，再熱熱場面。過世的是我愛聽故事的阿婆，我是她孫子。這樣介紹，無非是給剛來靈堂弔唁的外人知道我們的關係。

各位知道，我阿公有個響噹噹的綽號，名叫「面盆伯」。之所以會得名，跟面盆（臉盆）有關。這個面盆不大，錫製的，上面布滿小凹痕，帶著大小不一的碎石刮痕，向來掛在祖父母的床頭。她常拿來撫摸，不是擦乾淨，是思念阿公。現在，阿婆過身了，面盆放在她永眠的身邊，就在這靈堂。各位看看，我現在把這面盆拿來端好，用手敲盆腹，聽聽看，發出的聲音清脆無比，聽者的耳膜沒有絲毫的不舒服。

事實上，跟阿婆敲起來，我的聲音拙劣太多了。沒錯，十多年來，她上床前用手敲一下掛在床頭的面盆，早起後，也敲一下面盆。這樣做無非是跟死去的丈夫，也就是我阿公問候呀！說穿了，這面盆是「電話」，阿婆過身前，常打電話給阿公。

阿公為何有面盆伯的綽號，由我慢慢說來。

阿公十八歲「入宮」。照客語解釋，「入宮」是成為宮廟主祀的信徒。村子最大的廟屬恩主公（關聖帝君）廟。阿公入宮成為祂的「契子」。這時，阿公注意到平日沒多費心思的事：「為什麼恩主公的臉是紅的？」他想得滿頭包，問題對他而言像是一道河有幾個彎，或是雲裡藏了幾滴雨一樣困擾人。

照民間說法，恩主公是「正派」的才畫紅臉，這說服不了阿公。要是說，恩主公對副祀的媽祖婆有情意，暗戀了才臉紅，這說法對神大不敬。要是說，恩主公用毛巾猛擦臉，或偷吃東西噎著，又太滑稽。好啦！阿公快想破頭時，聞到一股香味。這香味濃嗆，扯著他的鼻子跑。他在廟裡兜了幾圈，最後鑽進左廂的廚房，見到驚人的一幕。

廚房瀰漫煙霧，有烹飪的蒸汽，也有燒柴濃煙，又熱又濕。可是，有個女孩不被干擾，竟然用面盆一邊炒米粉，一邊煮雞酒。這女孩的模樣如何？穿著藍衫粗衣、黑長褲，打赤腳，臉上的裝飾有柴灰、汗水與慌亂，再普通不過了，可是阿公心中的讚美是：「觀世音娘娘下凡在廚房，為眾生準備菜飯，尤其是用面盆炒菜，實在有夠『慶』（讚）」。他在油煙白熱化的戰況下，還能把人說得美。依大家後來的見解，不是見鬼，就是萌生愛意了。

後來，阿公與阿婆結婚了。婚是結了，孩子一個也沒有少的生出來，可是古怪的是，阿公出門時，背後老是掛個面盆。從遠處看去，二十幾歲的阿公卻像駝背老人，在村裡走來走去。如果你問他為什麼揹面盆，他會歪頭，緩慢的說：「面盆是世界上最好的，我一看『她』就中意了。」

但是，有一項事情困擾阿公，那是阿婆愛講話，幾近囉唆，喜歡去聽故事，回來又把事情說一遍。有時候，阿公農事忙完，頭才沾到枕頭要打呼時，阿婆硬是把他從睡夢中敲醒，告訴她今天聽到、見到、想到的故事。

「妳怎麼這麼愛講，難怪人家叫妳『麵線』。」阿公說。

阿婆從小屬於「舌頭過動兒」，曾把狗罵到昏倒，把貓說到吐，也締造過一開口就讓廟會的人群散會的紀錄呀！

「我就是麵線，你給我好好聽一輩子。」阿婆沒好氣的回答。

阿公抱怨這一生完了，將被吵死，而且阿婆的禁令是「要是你在床上聽到先睡去，就試試看」。於是夜裡，一個說到睡不著，一個聽到睡不好。某次，阿公撐到入睡後被自己嚇醒，幸好發現阿婆也睡著了，可是她所說的夢話像醒著時的囉唆語氣。

隔天，阿公連忙到廟裡詢問恩主公，這是什麼姻緣呢？他上炷香，照例擲個聖筊後，從籤櫃拿了張不好也不壞的籤詩。剛好廟公不在，沒人解籤，於是到廣場上找了位剛從遠方來擺攤的算命師。

算命師擺了小木桌，桌子鋪上紅布，擺上命書與沙盤，自個兒則盤坐在冰冷的地上。他瞄了一眼，用另一眼看籤詩。看了幾回，慢慢吟哦，下結論：「這意思是說，『面盆放麵線』，絕配。」

阿公聽了一愣，之後大笑。他這麼笑是有道理的。如果大家看過廟會時的大鍋飯，炒好的米粉或麵線放在哪裡供香客取用，便能意會。

之後，阿公也算起命，與算命師聊了不少，時而點頭，時而微笑，起身離去前，他又問了個問題：「算算看，我能活到幾歲？」

「七十五，值得了。」算命師摸了摸阿公的腦杓，下了結論。

回家後，阿公把算命的結果向阿婆說，卻保留「面盆放麵線」一事。接下來幾天，阿婆在臨睡時命令阿公再說一回，因為她打從心底愛聽。阿公白日幹活，晚上還得重複折磨自己的嘴巴，不知造了什麼孽緣。說到後來，他昏沉之際，竟說溜了幾日來斷然不洩密的「面盆放麵線」。

阿公被嚇醒，阿婆也是，追問那是什麼意思。阿公機靈回應，他說他講的是「面盆裝米酒」，那是因為呀，恩主公喜歡用面盆裡的米酒洗臉，才得了一副臉紅模樣。阿婆回了一句「聽你放屁」，倒頭睡去。

後來，阿公不知哪根筋發達，實踐「面盆放米酒」，成了酒鬼。他常常揹個臉盆到各地的婚禮場合，卸在餐桌，倒入紅露酒。紅露酒一瓶約四碗的量，倒入面盆，激起一層骯髒泡沫。阿公形容是「一隻毛蟹吐出的口水渣」呀！於是他追加十二罐，直到酒量成了他形容的「一群快樂毛蟹的澡堂」。

他端起面盆，一桌桌敬過去，直到醉了，酒宴也將散了。這時候，他又揹著面盆離開，後頭由阿婆拿著竹竿看護。這酒鬼呀！走沒多久就癲了，暈個不知頭腳在哪。他什麼地方不好倒，偏偏往水田倒，讓人擔心他會淹死。可是，他不是死醉的那種，倒下去後，躺在面盆上輕輕的在水田裡滑動。

他乘坐面盆的姿態很優雅，手腳往外撥，咻溜一聲，稻苗彎腰讓路，水田皺著光亮的漣漪。從遠方看來，他是鴨子，任由在後的阿婆拿竹竿趕。滑回家，阿婆才鬆口氣，覺得又將自己的老公從鬼門關贖回來了。

阿公回到家，爬回房間的床底，躲在那睡。床底下放了不少農作物如南瓜與冬瓜，尤其冬瓜有硬毛，真螫人。從水田回來的阿公全身裹滿了泥巴，硬毛扎不疼，還大膽的抱著冬瓜睡，大喊：「妳是最靚的新娘呀！」隔天酒醒，他從床底爬出來，身體一拱，上上下下乾燥的泥土馬上崩落，上田去幹活，並期待下一次的喜宴。

這樣生活了十多年，直到阿婆生病，他才戒酒。

阿婆四十五歲那年，被人抬回來，胸口插著竹子。那是駭人的意外，她採竹筍跌落山谷，遭竹子插傷。天呀！那竹子豎在胸口，直冒血，昏迷的阿婆呼吸弱得像餘燼。阿公跪在她身邊，祈求流血快點停。可是不如人意，血隨著她起伏的胸口湧出來。來了解傷勢的親戚分兩派，一是認為阿婆在家臨終；一是趕快送醫。那是民國五十五年的事，村子離醫院遠，重症的人離死亡反而比較近。

「好啦！別吵了，現在就送醫院。」阿公這麼一說，帶著即使沒希望也要救的決心。

這男性深情的聲音，不疾不徐，竟然在這時驚醒了阿婆。她看著胸前插著竹子，也看到四周拿不定主意的人。她知道什麼事了，此生將盡，再救也沒用。她費力的交代，別醫了，把省下的錢留給子孫用。之後她一把抓住阿公的手，力道不大，牢牢留下他。

阿公可以撥開那隻手，去找醫生。然而，他感到世界上最溫暖、最柔軟、最深情的手在眼前，要是放開，就會一輩子後悔，無從握起了。這一握，足足握了三天三夜，期間他無數次祈求恩主公救救眼前的妻子，無論要他如何，都願意代為折磨。

到了第三天，阿婆有了起色，勉強撐起身子。至於那根插在胸前、沒人處理的竹子，竟脫落了，傷口沒有想像中惡化。日子久了，阿婆能下床走路，幹些輕活，可是胸口痛楚不堪。她即使走幾步路，也像是魂掉在後頭跟不上來似的，常冒冷汗，話也說得有上句沒下句的喘。

阿公整修一張四腳靠背椅，放上軟亭亭的墊子給阿婆坐，揹去看醫生。足足有十年，聽說哪有名氣大的漢醫與西醫，他們就往哪去，也不坐公車，好省下錢當醫藥費。那十年，他們出門看醫生，必定一早去，回家時滿天都星斗綻光。阿公親自幫阿婆洗完腳後，兩人才上床睡。

他們爬過好多山，涉過好多河，山長得平凡無奇，河水聲也單調得讓石頭在那安靜不動。阿婆坐在特殊椅子，背對著阿公，看著整個世界的一半風景，對她來說，另一半的世界不是看不見，是有人顧了。他們品嘗路上遇到的野果、泉水與每一場大雨過後的潮濕空氣。他們對彼此沒太多的感謝，反正阿婆會唱歌，阿公以走路回報。

有一回，他們從原住民部落回來，那裡的巫婆給了「交配中的蝸牛製成的肉乾」，吩咐「一人一隻，握在手，直到走到家才燒成灰吃了」。阿公把蝸牛握得太緊，沒注意回途變化，跌了一跤，害阿婆從椅子上翻落，胸部撞上樹根。她透不過氣來，搗著胸，額頭冒汗，認為快沒命了，便趕緊交代後事。

阿婆利用剩下的幾口氣，說：「哎呀！阿添呀！那隻老母雞，每天會到後山的大石邊生卵，你記得要去撿。」

「我知道，妳不要講話了。」

「阿添呀！眠床尾的縫隙，我放了十塊錢。」阿婆說出她的私房錢。

「妳不要講話了。」

「阿添呀……」

「不要講了。」

「講，你講個故事來聽聽。」

連這時候，阿婆都要求聽故事。可是，她喘著氣，痛得搗上眼，無計可施的阿公只顧流淚，嘴巴哪迸得出話。到後來，阿婆臉色發青，眼睛睜得好大，沒了呼吸。

「我拜託妳，我求求妳，快點呼吸……」阿公戳阿婆的人中，好把她疼醒，又說：「拜託妳，醒來跟我講話。」

後來，阿公趴下去，給阿婆吐口氣，如是幾回。這時候妙事發生了，阿婆重重咳了幾下，吐出血泡，恢復了呼吸。至於血灘裡，有個檳榔大的肉瘤。阿公撕開肉瘤，纖維裡頭裹著一段粗竹片。原來，困頓阿婆十幾年的胸痛是當年戳進肺裡的竹子。兩人大哭，抱在一起為重生感到喜悅，深覺樹林傳來的鳥囀與風聲都充滿了祝賀，全新的世界展開了。

所謂全新的世界，是阿婆病好了，胸不痛，氣也足了，十年來暫且休兵的喉嚨又發揮了麵線功。只見她兩瓣嘴皮動起來，把飛鳥說墜了，把花草念枯了，把人說煩了。這點就不再深入說明了。

可是，事情有了變化，發生在阿公七十歲時。

這一年，照樣是廟會活動，搭了戲棚，來了無數賣零嘴的販子。有個算命的在黑壓壓的人群角落擺了小木桌，桌子鋪上紅布，擺上命書與沙盤，自個兒則盤坐在冰冷的地上，生意也很冷。算命師不算希奇，只是犯了咳嗽，嘴巴老是發響，從旁經過的阿公被聲響吸引了。

「那不是幫我算過命的嗎？」阿公想起那個鐵口直斷、拍桌說他只活到七十五歲的算命師，他仔細看，確認不是以前的那位。眼前這位，從墨鏡邊看去，兩眼都瞎了，他猶記以前那位只瞎了左眼。

好吧！阿公想，那就給他算個命，到底「活到七十五」的說法準嗎？這兩眼俱瞎的算命師，連名字、八字、年歲也不問，他把阿公的手撈來，順著骨骼又捏又摸，又把阿公的腳板抓來，像小雞般捉弄，最後說：「你活到七十五歲。」

「活到七十五」來自兩人的判讀，結果一樣。回家路上，阿公腦海轉了千百個念頭，每道念頭往不同方向，他慌了，亂了，他想知道哪個念頭可靠。從那時開始，他飯吃一半，覺睡得淺，眼神時常飄到連他都搞不清楚的遠方。某次他上床睡覺，鞋子一甩，擊中床下的面盆，發出激烈聲。這時他醒了，告訴自己，沒錯，人終有死時，得及時行樂。他把面盆端出來，拿回了老習慣，趁夜出門沽酒去了。

事實上，阿公戒酒近三十年了。在阿婆受傷昏迷的三天三夜間，阿公握著她的手，心中祈禱，要是眼前的女人好起來，要戒掉她最討厭的酒，為她活得有精神點。從此，他沒沾過酒。可是，七十歲破戒後喝得更兇，把以往憋住的額度補回來。他到處找酒，喝夠了像小孩般快樂，沒喝夠像小孩耍脾氣。喝醉了，隨便倒個地方躺；沒喝夠，用面盆盛酒，頂在頭上，邊走邊喝。

阿公清醒的時間越來越少。他夜裡在親友家喝到掛，起身回家，見門前有條小圳溝，把面盆放上，人躺下去。那流水自在得嗚唱又律動，像最棒的公車，一夜間將他載回距離五公里外的家門前。他一路高歌，直到睡去。

第二天，天還很淡，世界的線條也很淡，一切蒙在深邃的霧裡，萬事萬物泛著水珠。阿婆走到門前溝圳，發現阿公睡在四周由茂盛莖葉點綴成壁畫的水灣處，流水深靜，面盆輕擊石壁，叮咚響著。

「就像一個『孲伢仔』（嬰兒）呀！不知他要醒來，還是要死掉了？」阿婆心裡嘀咕，事實上充滿擔心。

正如阿婆擔心的，阿公只能活到七十五歲，是算命師的套子。每個算命師的說辭或許都是「你能活到七十五」。是否如此，端看個人信不信。可是，阿公把頭伸進套子裡，自己一吋吋拉繩子，他信了，也給自己下了咒，無人能解，除了自己。

到了阿公七十四歲半時，他喝壞自己，這時候才意識到得少喝了，卻遏止不了身體壞下去，得了酒精性肝硬化，肚子累積的腹水像剛從水田抓來的青蛙，鎮日躺在床上度日。他又更相信一點：如算命所說的，他活不過七十五歲，因此意志消沉，脾氣更倔。

阿公在床上躺了半年，在臨終時刻，他闔上眼，等待死神。這時候，阿婆挽起他的手，嘴巴湊近他的耳朵。從那時開始，她對他說盡了心中的故事與心情，從那刻開始，每秒都最真誠，沒有一句話重複，也沒有一個故事相同。她從白天說到晚上，又從夜幕來到清晨，周而復始。家族的親人站立在旁邊，拿水供飯都遭到回絕，於是，大夥也站在阿婆身邊陪伴。

時間過了好久，阿公漸漸耗弱，這反而激勵阿婆說下去。然而，就在阿婆大膽說出生命中最重要的言語時，她夢到某個景象。那是稻穗綻放金光的田野，光好強，所有的線條都瘦了。唯獨阿公的線條仍鋼鐵性子，他擔著重籮筐，扁擔隨步伐彎跳，要去曠遠之地。他去哪？阿婆急了，喊住他。阿公回頭，臉上沒有痛苦痕跡，只有笑容，快樂得彷彿年輕時扒完飯、喝口水就上工去。

「來吧！」在光影裡，阿公伸出手要她握住。

阿婆走過去，可是在那金色光芒裡，腳步是陷入泥濘，每一步都是對抗自己的信念與體力呀！最後，她搆到阿公的手了，好溫暖。然後，阿公把她從泥淖中拉起來，力道之大，她必須跌入他的懷中才行。

就在這刻阿婆醒了，發現是一瞬之夢。夢醒後，她緊握的手鬆了，阿公也過身了。家族的人都知道，在阿婆說出生命中最重要的言語時，她睡了。阿公趁那時候偷偷離開，並給她好夢，畢竟牽手與放手，充滿了愛的勇氣。

然而，真正的力量在於阿婆不吃不喝，屎尿撒在褲襠，關節跪僵了，卻能以「麵線」功夫說上七天七夜。最後，她以無比的毅力與愛情，引領阿公活到他七十六歲生日，打破了那道難纏的咒語呀！

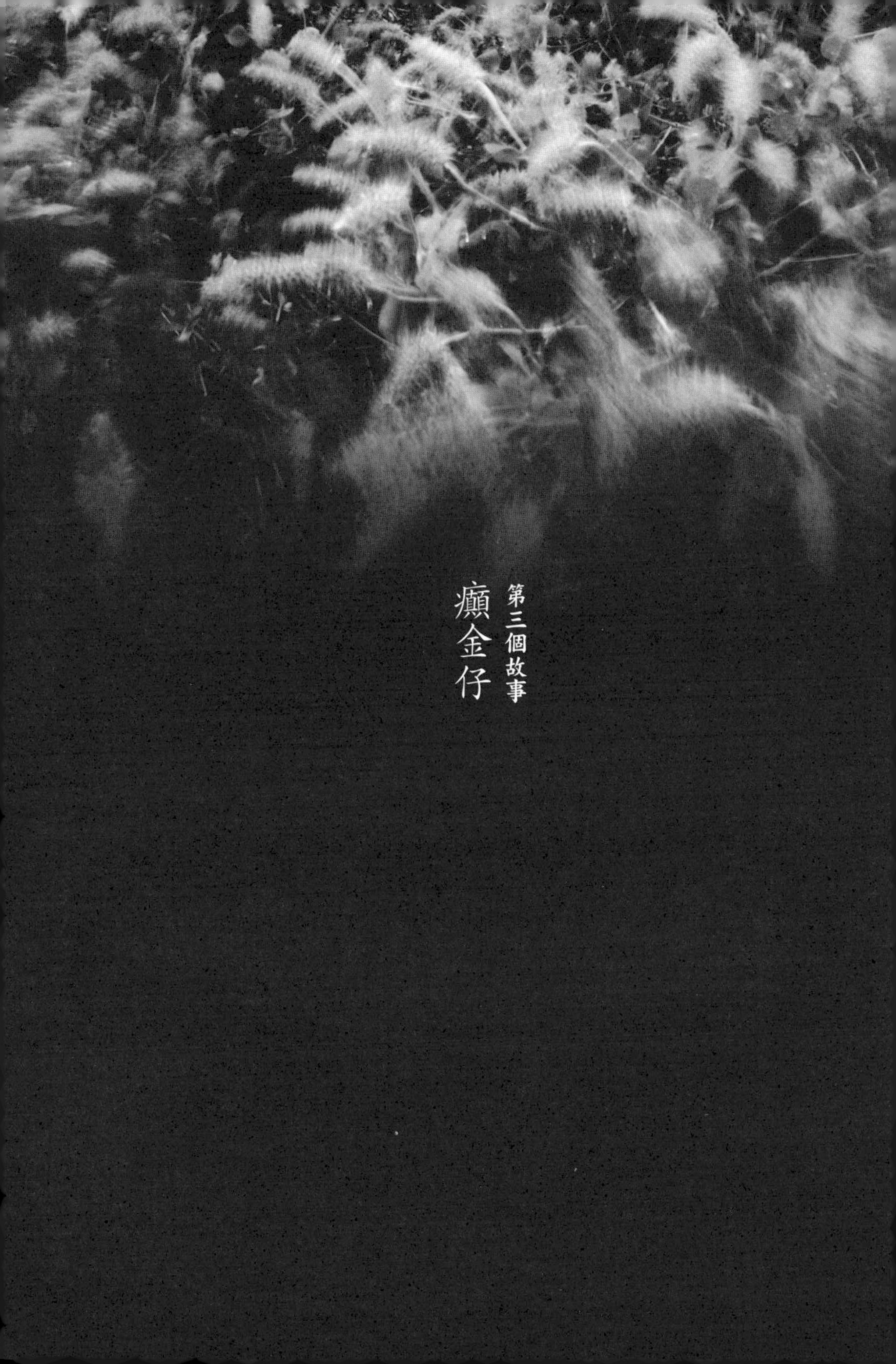

第三個故事

癩金仔

我要稱過世的「麵線婆」為姑婆。之前，她對我這晚輩還不錯，常主動問候「吃飽了嗎」，於是我遠遠看到她，得先大聲打招呼，免得輸她呀！她既然喜歡故事，我說個討她歡心好了。

不說別的，就說癲金仔，這件事發生在二十二年前。

癲金仔是乞丐，每天在三寮坑打轉。他不討錢，老時代的乞丐討吃的，不像現在的乞丐只討錢。他身上綁著各式各樣的鍋子，大的小的，挨著家戶討飯。要是沒得提供，他很識趣的離開，從不糾纏。

大家叫他癲金仔，本名叫什麼金的，或金什麼的。各位，我想沒有人知道他的身世。他是孤兒，也是傻子，比較無害、也無攻擊性的那種。

那天天氣熱，癲金仔來到我家的樹蔭下睡午覺，我趁他熟睡時，從後方偷扯下他的一根鼻毛。不知怎麼的，鼻毛不怪，怪的是毛囊黏死在右手，用左手指頭彈開又黏在那根指頭上。你甩呀！跳呀！滾呀！或跪在地上懺悔，鼻毛就是不離我身，我成了伊索寓言中那隻對付跳蚤的老虎，告饒也沒用。我試了千百回，試著想要回復毛囊還不在我身上的美好時光。最後，我回到書桌，打開國語課本當鉗子，狠狠拔掉那根黏在胸口的鼻毛。

上天保佑，我脫逃成功。神奇的就在這一刻，我翻開國語課本，就是夾鼻毛的那頁，讀下去，每頁欣然有味，像摻了胡椒粉般好啃。我知道這輩子就屬此時最認分讀書，比對愛國獎券還認真。

到了隔天的國語考試，老師「爆炸頭」——據說，是與劈在他頭上的神祕閃電有關——發考卷後，告誡我們別作弊，拿出勇氣，面對史上最難的考題。

這是真的，作答十分鐘後，全班不再有鉛筆沙沙沙的寫字聲，只剩下無奈的嘆息。這時候，全班只剩一個人奮戰，那種聲音，沙沙沙，一聽就知道，深怕下課鈴聲早到。沒錯，那個用筆尖在試卷上跳舞的人，正是我呀！我能理解他們的好奇。因為，向來考到一半便趴在桌上睡著檢查視網膜紋路的「番薯頭」，這次眼睛像被硬擠出殼的荔枝，噴著淚，羨慕的往我這瞧。

「本世紀的天才。」番薯頭說完，被爆炸頭老師從後方敲頭警告。

隔天早上，證明了番薯頭所言不虛。考卷發下，我拿了九十九分，破天荒的大事。爆炸頭老師則印堂發黑，眼皮沉重，好像辦完喪事。我能理解這回事，要是我眼睛像掃描器，一定發現考卷上疊滿爆炸頭的指紋，想找我的碴。我被扣一分是道德扣分，老師雞蛋裡挑骨頭，嫌我名字寫得潦草。上一位九十九分的紀錄保持人是校長的兒子，五年前的事了。我敢掀桌保證，凡是跟校長沾得上邊的紀錄，一切都是搞鬼的。

傍晚掃地時，我忍不住想對幾位好友說出考高分的祕訣。我還沒講，他們你一句、我一句的嫌我。有人說我踩到狗屎，不，比狗屎更大坨的牛屎。有人說，我昨天發高燒，燒壞腦袋才考高分。

「不是的，我是偷拔『癲金仔』的鼻毛，他的鼻毛有神力。」我說。

番薯頭說：「好啦！你把那根鼻毛借我考試。我保證，做到『孔融讓梨』，只考九十八分就好。」說真的，他愛用成語又老是用錯，惹得大家不知該笑，還是該應和。

「唉！那鼻毛呀！死了。」我說。

大家說，鼻毛不會死翹翹的。每個人拍胸脯保證，砰砰響，稍後那動作，變成搥心肝了，因為我說：「是毛囊萎縮了，失去黏性，鼻毛就死了。」

「原來是『雜草』壞了，我氣得『青黃不接』了。」番薯頭大吼，而且臉部從黃肉番薯，變成了紅肉品種。

隔天，消息傳開了，有十位同學決定趁午休時去拔「雜草」。人數太多，老師會起疑的，得「搓掉」幾個人，價碼是多拔幾根草回來給他們。之後，我拿躲避球砸壞番薯頭的臉，讓臉從黃肉番薯變成紅肉的，還流鼻血。

然後，我和「哈麥二齒」——他有兔寶寶的門牙——扶著流血的番薯頭，向班導請假回家。我們走出校門，帶著當天中午沒吃完的便當為餽禮，前往癲金仔的家。番薯頭一路抹著鼻血，笑說：「這血水很肥，等一下拔到的雜草，可以種到我的這個『花圃』

繁殖。」真的，他的鼻子好腫呀！

前往癲金仔住處的路可真長，有竹林、公墓與山溝，加上溽熱，讓人冒險的興致快泡湯了。我們先在小溪泡水，才解決腳底快著火的痛苦。過了好久，幾乎是考兩場試的時間，才抵達了癲金仔的家。他以土地公廟為基地。這種廟是先民初期墾山時建立的，位置偏僻。廟很小，半坪不到，沒有牆壁，遇到風雨大些時，得鑽到供桌底下才行。

癲金仔睡在水泥地上，枕著衣服，樣子古怪。大熱天的，他也只能躲在家裡睡了。他的鍋碗，一概擺在供桌上，有個鍋蓋沒蓋好，發出酸餿味，一群蒼蠅熱情的盤據。

「要是我敢用這種餿水拜神，我就是敗類。」「哈麥二齒」用不屑的口氣批評，隨後我又舉了「可怕、討厭、糞桶、噁心巴拉的」等詞附會。

我們按兵不動，再走前去，番薯頭與「哈麥二齒」是第一次這麼仔細觀察這個傻子。說真的，癲金仔的鼻毛真多，又密又硬，像泡麵一樣捲，幾乎可以做一支掃把。而且癲金仔好老，滿臉皺紋，下巴留了白鬍子，嘴角有飯渣。他的樣子很像土地公，蒼老、糊塗又愚笨，像玉皇大帝的生產線上做壞的土地公。瑕疵品的土地公算是「殘障神」，只好丟到這鳥不啦嘰的荒地。

我們猜拳決定誰先拔他的鼻毛。我贏了，潛伏下手時，癲金仔張開眼看我。他的眼裡有閃電似的，電得我狂叫。我們嚇壞了，癲金仔也是，把桌上的餐飯打散了，空氣中瀰漫餿味。

癲金仔絕對是傻子，嚇著後的反應是衝進廟裡。沒錯，那座大約一個箱子大的小廟。癲金仔的頭塞進去，屁股卻晾在外頭，雙手掙扎，把廟裡的擺設與香爐上的金銀花打翻，灰塵飛揚。癲金仔不受影響，可是我們猛咳嗽，每顆肺泡幾乎深受其害。

「哈麥二齒」憋住氣，邊喊「阿娘喂」，邊拉出癲金仔。番薯頭唯恐少拔一撮鼻毛，隨後衝去，卻被桌腳絆了，頭撞上癲金仔的屁股。這下慘了，受了外力的癲金仔全身塞進小廟，像練了軟骨功，在廟裡蜷著，齜著牙，恐怖極了。

這下好了，我的意思是不錯的好。癲金仔卡在廟裡，不留縫隙，像是蝸牛與殼體的完美組合，不要說拔鼻毛，拔下頭也沒問題。當然，他表情好苦，潦草的臉龐掛著悲涼的眼神。

我得藉機得逞，伸手扯鼻毛時，癲金仔扭動鼻子，伸舌頭攻擊，噴出濃烈的口臭。那種味道是混合酸菜與苦瓜的餿水桶味。我們瘋了，跟餿水桶打仗。我想到妙計了，獻上午餐便當，菜色再不行，也比他鍋碗裡的殘餚好多了。

癲金仔使個眼色，我就懂了，拿湯匙一口口餵他吃。他滿足極了。

「你吃了我的便當，要給我拔鼻毛。」我說。

「他連鼻毛都聽不懂，你要示範給他看。」「哈麥二齒」說。

「這個我來就行了。」番薯頭往自己的「花圃」摳，除了肥土——多得嚇人的鼻屎——外，實在拔不出雜草。過了一會，番薯頭從鼻孔扯出一根毛，陽光下，那根鼻毛好淡，發育不全的那種。

癩金仔懂了，把卡在廟裡的手拉出來，費力的拔鼻子，直到鼻子紅腫，仍沒有放手。

「你真笨呀！拔鼻毛，不是拔鼻子，笨蛋。」哈麥二齒跺腳。

番薯頭變色了，臉紅透透的，說：「他是純種的傻子，我們在玩他。」

確實如此，癩金仔仍揪鼻子，番薯頭看了流淚，說：「你這笨蛋不要再擤鼻子了，我看了快『自毀前程』，很難過。可是，我也很可憐，不會背書，考試滿江紅，排名又掛車尾，老師說我一輩子完蛋了。我不想讀書，只要會考試，會考試就是萬能的，金飯碗、鐵飯碗、銅飯碗一考就上。拜託你，給我鼻毛好嗎？」

「我也拜託你。」哈麥二齒發動溫情攻勢，「我也討厭考試，你只要給我一根鼻毛，我就解脫了。」說完也哭了。

我不怕考試，考壞就壞了，但是大人看到爛分數會中邪。我是為了拯救大人們才來拔鼻毛。為了不破壞氣氛，我也跳下去哭，不哭說不過去。哭累了，空氣濕氣也飽和，三人再哭下去就破聲了。

可是，有人卻哭得更慘，他是癲金仔。他的哭法真帶勁，淚水把那張老臉洗乾淨。我們第一次看見癲金仔哭泣。他的情緒向來是祕密，沒有人看過他哭，也沒看過他笑。三寮坑又哭又笑、像極了傻子的正常人一大堆，但傻子癲金仔除外。

癲金仔的淚水遮瞎了眼，我們在他前頭虛晃手勢都沒被察覺。這個傻子也有內心世界，軟軟的、溫溫的，不然幹嘛那麼愛哭。不過我也敢說，這是下手的好時機。

趁他哭泣，我跑過去拔鼻毛，但番薯頭與哈麥二齒被考試低分的氣壓給卡太久了，比我快半步。三人推擠之下，把癲金仔撞醒了。癲金仔覺得災難來了，雙手撐著小廟，將下半身從廟裡掙出來。廟裡的神像與擺設好凌亂，像嚼爛的甘蔗渣了。

之後，癲金仔在土地廟亂跑，後頭追著三個小學生。我敢保證，數學不會因為拔到鼻毛而考一百，但不要搶輸人。癲金仔最後推開大家，往廟邊的大樹爬上去，手腳俐落，越爬越高，隱身在濃密的葉叢中。

久等不到，我和哈麥二齒往上追擊了。樹上好寬，掛了好多衣服與鍋碗，顯然這是癲金仔的祕密基地。我翻遍整株樹，總會看到癲金仔的瞬間身影，爬過去卻什麼也沒見著，見鬼了。

哈麥二齒說，今天中邪了，沒有對勁的事，然後對樹下的番薯頭大喊：「看緊一點，不要讓人跑了。」我們在樹上巡了幾圈，都不見那傢伙，把樹上的物品全扔下樹。

最後，我爬到了樹頂，勉強抓著小枝椏，那裡也沒有癲金仔。我仰頭看，天很廣，雲很白，白雲以奧運體操選手的柔軟度不斷變身。我抓著樹尖，隨風擺來擺去。我看到山脈延伸到村子，蜿蜒的河流反射光芒，稻田平坦，水澤中藏著白腹秧雞的啼叫，空氣流動著陽光與野薑花味。更遠的地方，學校鐘聲響了，午休結束，我們蹺課在這，舒服極了，好棒的一堂戶外冒險教學，不過，回去得吃「竹筍炒肉絲」。

哈麥二齒爬上來了，包括有懼高症的番薯頭。番薯頭猛抓頭，想用成語形容眼前的美。

「美得『魂飛魄散』呀！」我幫他說了。

「其實，應該說欣賞得『屁滾尿流』才對。」哈麥二齒接下去。

「太遜了，應該說：我們村子擁有可以『自掘墳墓』的好風水。」番薯頭反駁，氣勢很驚人。

我們什麼都沒找到，除了風景。癲金仔消失了，空留一棵樹、一座廟、一片藍天。我打道回府時，順便整理了小廟，掃乾淨香灰，擺好燭台，扶起倒栽的土地公。這時候，我看見土地公的鼻子有根鼻毛跑出來，大膽的伸手扯下來，是真的毛，上頭還有毛囊。

就在扯土地公的鼻毛時，我們聽到從大樹傳下來一聲劇烈的噴嚏聲。連帶的，大樹搖擺起來，樹根延伸的土地公廟也嗡嗡震動了。三人屁股一縮，狂笑著落跑，畢竟，我們從頭到尾在這「神界」大鬧一番呢！至於捏在我手裡的土地公鼻毛，張手時飄走了，越飄越淡，像空氣中的遊絲遠行了。

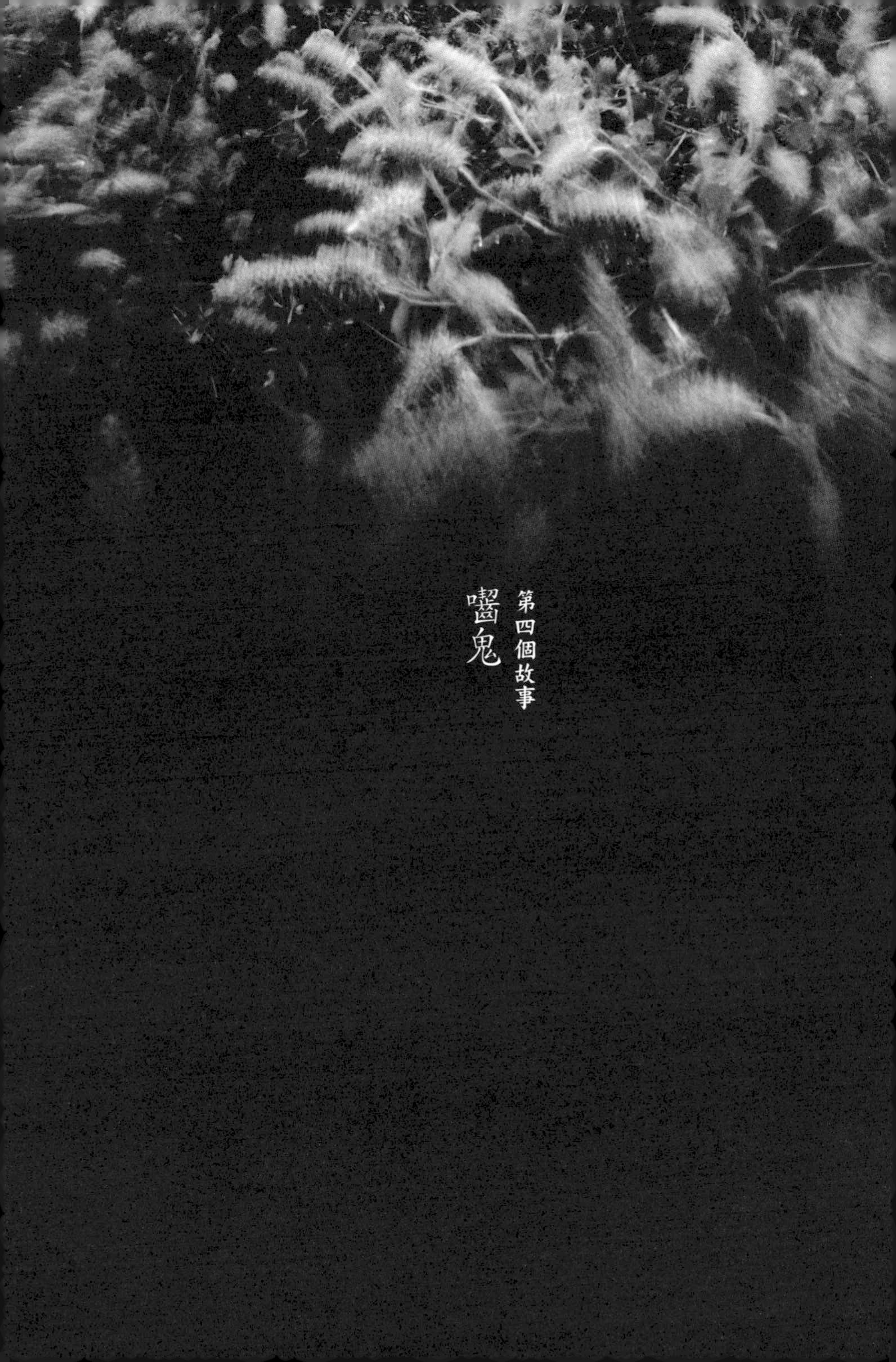

第四個故事
囓鬼

癲金仔的故事有意思，但是，接下來我講的也不差。

我是上「夥房」（客家聚落）的阿水伯，與過身的「麵線姊」差十歲。我讀過些漢書，說話較文雅，每天的樂趣是看報，吸收新知識。我曾經把接下來要講的故事說給「麵線姊」聽，相信她不會反對我再說一次。畢竟，這是窮困年代的趣事，只有吃最折磨人呢。

吃，只有舌頭那麼短的距離，卻控制全身。所以，吃是服侍舌頭的藝術，或者修練舌頭的定性。這麼說來，飲食是馴服舌頭的騙術，而不是鍋子、鏟子、火候與食料的藝術。教我這些道理的，是我的媽媽，如果她還活著也有百來歲，但總之，她不像我說的那麼囉唆。她說：「舌頭，鬼的尾巴！」

好啦！我來說「鬼的尾巴」的故事。說這段前，先從我出生時代說起。我是二戰期間出生的人，這時期缺少食物。當時的小孩常生病，最難治療的怪病是飢餓。治療這種病「多吃飯菜」就行了。可是，哪來這種藥呀！

為了吃一次「澎湃」大餐，我化身成跟屁蟲，糾纏媽媽。她洗衣服時，我在背後糾纏。她上廁所時，我在外糾纏。她睡覺時，我在耳邊糾纏。

「再纏我，剁掉你的鬼尾巴。」我媽媽怒吼。

我費力的伸舌頭，要媽媽看。舌頭癱在嘴裡，小小的抽動。可是，如果說舌頭是鬼尾巴，那麼鬼的身體在哪？是藏在肚子而露出一截像舌頭的尾巴？要是真有鬼藏在我肚子裡，真希望媽媽拿菜刀剁了我的舌頭。於是，我張大嘴巴，恐怖的抖著餓死鬼的尾巴，口水從嘴角流下來，牽絲到地上，樣子非常可憐。媽媽看了好久，發出嘆息，眼光淡了下來。

這招有用了。到了年底，媽媽決定要來頓豐富大餐。圍爐時，阿公用榔頭把鬆動的牙齒給敲穩，阿婆笑朗朗。其他人圍著桌，筷子捏在手裡。不久，大餐上桌，每個人得了一碗白飯。這飯叫「清飯」，沒配菜。

我驚訝不已，不是失望，是全身興奮得發抖。沒錯，這是我期待的大餐，如今呈現眼前。

年輕人可能不懂，一碗飯有什麼希罕。我來說明，當時的主糧是番薯籤。番薯量產的時候刷成籤條，曬乾，收入麻布袋收藏。番薯籤常有臭心與蟲囓味，蒸過後，黑糊糊的，非常難吃，跟現在改良後的新鮮番薯差多了。好了，要是一年到頭吃番薯籤，能熬出頭，吃碗「清飯」可就豐富了。

得了一碗飯，我撒了薄鹽，坐在門檻上，用細竹籤一粒粒挑來吃。面對夕陽吃晶瑩剔透的飯粒，是何等享受。我邊吃邊算，吃到第八十三粒，胃腸絞痛難耐呀！可能是肚子裡的餓死鬼受不了在打滾。我趕緊把飯扒光，安慰餓鬼。可是我回頭看，姊弟們也學我拿竹籤挑飯，而我的碗空了。我癟著嘴哭，為自己的魯莽哭泣。我姊姊被我弄煩了，賞我五粒飯。祖上佑我呀！我用竹籤串起飯粒，拿到廚房，當作香腸蘸了醬油炭烤，吃到大年初二。

吃完了這頓餐，我又發揮糾纏的功夫。有半年時間，我媽媽見我如見鬼，她罵：「你要不是餓死鬼轉世，就是我上輩子的影子。」

結果，當然是我贏了。她答應我，可以吃更好的大餐，但是得自己來。這意思要自己幹活賺錢。我當時八歲，連鈔票都沒看過，就得自己來。幸好，我阿婆教我編織掃帚與畚箕的雜活，七月開始剖竹子編畚箕，九月河灘上的甜根子草開花後就可以割下當掃帚。到了十二月，我手指長繭，技術成熟，也算能編上幾個不錯的貨品。

到了除夕早上，我爸爸扛了畚箕與掃帚，撐了枴杖，去門去買辦。他走到原住民部落，用貨品換了一隻山豬腿。他提著粗重的豬腿，笑牙牙回家，路上所見都是好風景。結果，走過村界的大榕樹，忽然有了尿意。我們家有家訓：「如果人在村裡，有尿回家撒；如果人在村外，有尿得想辦法回家撒。」這個叫肥水不落外人田。

爸爸前腳跨在村界，心想，回家還遠，可是呢！要是就地找個地方解決，又吃虧。想著想著，他膀胱又脹了，咬牙衝回家。他跑進家門，跑進臥房小解。沒錯，早期廁所文化，尿桶得放在女人臥房裡。他尿得快意，一手撐著牆，兩眼翻白眼時，忽然間，他感到提豬腿的那隻手一鬆，撲通一聲，尿桶炸出大水花。爸爸大喊完了，莫非一時得意也把自己的「尿壺」「解放」了。低頭一看，更慘呀！還得了，手中的豬腿掉入尿桶裡浮沉了，像是水鴨快溺死在混濁的三寮坑溪水。

爸爸的叫聲引來家人關心。我也在場，心情可想而知，總之呢！要是想像「陳年臭滷汁泡著一隻臭襪子」，就能體會美好的世界坍了。那是沉默時刻，幾乎像守靈。這時候，媽媽把兩個袖子往上勒，往尿桶撈它幾下，抓起豬腿離開。我們大夢初醒，順著地上的尿漬找到廚房，看見媽媽正料理豬腿：拔豬毛，洗刷後，丟進蒸籠，一瓢水、一把火，豬腿不久就熟了。

之後呢！能吃了吧。

「別急，這要先拜『阿公婆』（祖先）。」我媽媽用紅托盤擺上豬腿，拿到客廳祭祖。

「這當然的，祂們先得吃。」我應承。這用尿滷過的豬腿，自然得讓祖先大口吸光「臭噴噴」的味道才行。

到了晚上的團圓飯，全家圍著桌子，碗裡是番薯籤飯，「桌心菜」（主餐）可是大豬腿。這可「澎湃」了，我吃完絕對不剔牙，牙縫塞肉，就像婦人裝金牙般貴氣。誰知道筷子才拔了起來，猛然被媽媽用鍋鏟拍掉，她沒好氣的說：「這豬肉很珍貴，不能一下吃完。」

我拾起被打落的筷子，上前挾，說：「我吃一點就好，看，就那一塊小豬皮好了。」

「用看的，用眼睛吃就好。」

「那給我一根豬毛吮，塞塞牙縫。」

「不行，越吃越想吃，豬毛也不行。等明天大過年再吃肉。」

於是，我的圍爐，猛扒了三碗番薯籤飯，「眼嘗」了好大的豬腿。讓我努力餐飯的理由，不過是等待明天到來。

到了隔天傍晚，阿公用榔頭把鬆動的牙齒敲穩，阿婆笑朗朗。他們下午四點就坐上桌，到了五點，先吃到一塊豬肉。那，我們呢？我們欣賞完了兩老吃肉的幹勁，卻什麼也吃不到。因為，我媽媽發令了，她說，這塊豬肉得來不易呀！天字第一號聖品，我們吃番薯飯，再用眼睛配就好。

到了年初二，我媽媽割了塊肉，準備給大家。這時候，我獨身且到處串門子的舅公來了，門也不敲的闖進來，刻意說：「這麼剛好，在吃飯。」

根本不剛好呀！因為，媽媽把小孩趕走，把肉盤子推到舅公桌前。舅公嘻嘻哈哈吃完了，油渣都不留。我這輩子願意為一小塊肉犧牲，可是它消失了。我們幾個小孩躲在窗下，目睹肉沒了，流下淚水。我弟弟跑到竹林大哭，他接下來的半年知道誰是仇人，看到舅公不是不理，就是怒眼斜瞪。

餐後，我媽媽頒布命令：「等到『掛紙』（掃墓）時，再吃肉。」

之後，豬腿放入「冰箱」藏起來。所謂的冰箱，是個大甕，用大量的鹽巴將豬腿醃了，甕口蓋木板，貼上封條。蓋上去的剎那，我的心情起了陰霾，晚上睡覺時，恨得咬竹枕頭洩憤，喃喃說：「豬腿，吃掉你。」結果弟弟被吵醒，又跑到竹林搥地大哭。

我早也忍，晚也忍，夢中也忍，好日子終於來了。客家掃墓在元宵節後的第一個禮拜日。這天祭完祖墳，回家路上，陽光真好，小孩樂得甩臂膀走，提著豬肉的祖父卻刻意到伯婆家。

我伯公死了，伯婆長年躺在病床，面對難治的褥瘡與喪偶情緒。天呀！阿公不聽小孩的勸阻，進入伯婆家，割下好大塊的豬肉送她。有十幾分鐘，伯婆感動得發抖，從病榻掙扎起來，想用發抖的手泡茶給大家喝，卻翻身也難。阿公連忙阻止，打開窗戶，讓陽光透進來，所有人都泡在溫暖裡。伯婆要我的阿公從鐵罐裡拿出日曆紙包裹的糖果，一人賞一顆。她則躺在床上，哼著歌，回報沒吃到糖的阿公。阿公眼睛紅潤，我們小孩則大哭，不是感動，是對伯婆憎恨了些。小孩的飢餓能製造恨意呀！因為回家後，媽媽又下了新命令：豬肉額度減少，大家忍忍，等到端午節再吃。

那塊肉就像爹娘，得半年看不到。也就從那時開始，日子越來越忙，割牛草、翻田、整理雞舍牛欄，沒空暇思念豬腿。可是，到了晚上，疲累的身體躺在床上時，腦海分泌食物的蜃影，怪了，整套消化系統積極運作，舌頭在跳，胃腸在響，蠕動的大腸在鞭打肚皮。它們對付腦海丟下去的食物幻影。我常被這種狀況搞得睡不著，飢餓得很，偷跑下床，要不是「冰箱」有封條，真想掀開吃。我抱著「冰箱」，舔著甕，想像在啃大豬腿，直到自己又盹了。

好了，天氣越來越熱，端午節終於到了，總算能吃豬腿。阿公用榔頭把鬆動的牙齒給敲穩，動作更滑稽，惹得我阿婆大笑。結果，她最後一顆牙掉下來，像骰子在桌上轉不停。老人掉下最後一顆牙，這意謂阿婆要過身了。計畫趕不上變化，媽媽當下宣布，把切下的一小塊豬肉給阿婆獨享，其餘的份，等到中元節再談。孩子們坐在桌邊看人吃，嘴巴張得好大，等了半年，得到如此酷刑。到了深夜，弟妹的棉被又傳來稚嫩哭聲，和窗外的蟋蟀唱和。

我知道媽媽的伎倆是無盡的「延長賽」，日復一日，豬腿可能熬到年底的團圓飯才能吃。也就是，那套「等到中元節再吃」又是託辭。為了給夜晚亂運作的腸胃一個交代，我想到妙計，趁夜取了細長的竹皮，從甕口探進去，戳一點點的豬肉吃。那點肉屑，美味呀！令人眼珠子打轉，胃腸抖動，這下值得了。從此，我每晚不破壞封條，卻幹了偷吃的勾當。

到了中元節，也就是俗稱「七月半鬼門開」的前一天，時值下午，阿公經過大甕時，聽到裡頭傳出嗚嗚嗚的呻吟。他嚇一跳，邊跑邊嚷嚷，說：「餓死鬼逃出地獄，跑來我們家吃豬腿了。」

這還得了，人還沒吃，鬼先拉屎搶地盤。大家聚到大甕邊，果真聽到令人起雞皮疙瘩的聲響。聲音時而輕，時而緩，除了鬼，誰還有能耐躲在那。阿公拿了鋤頭，阿婆拿了長針，我媽媽拿菜刀，其餘小孩各拿了木屐、火鉗與剪刀，準備打死鬼。我呢！什麼也沒拿，喉嚨像快燒乾水的茶壺猛響，好備妥口水。據說鬼最怕口水。

爸爸怕死了，用腳踢開甕蓋。阿姆唉！餓死鬼爬出來，黑糊糊的臉，看不到眼睛，卻感到「它」趴在甕口瞪我們。然後「它」飄起來，凝聚成一股臭煙霧，臉變得更狠，牙齒銳利，發出嗡嗡聲。接著，餓鬼變成蟾蜍，又發出淒厲叫聲。最後「它」變成巫婆，像如今我在這講故事時的蒼老模樣，好悲傷的臉，永遠吃不飽的樣子。整個過程中，家人被千變萬化的鬼嚇在原地，忘了攻擊。最後，巫婆的淚水掉在媽媽臉上。媽媽原地踏步，大聲尖叫，打死那滴「淚」，張手看出打死的「淚」原本是一隻蒼蠅。

所有的人都懂了，沒有鬼，只不過是天色陰暗把一群蒼蠅看錯了。媽媽撥開蒼蠅，往甕裡看去，豬腿爬滿了蛆。牠們又白又胖又可惡，在僅剩的肉塊上辦同樂會。孩子們把鼻子哭壞了，一個也不少的躺地上又滾又踢，悲憤交加，還有什麼比失去一塊肉更哀傷的。

「是誰搞的鬼？」我媽媽大喊，「誰偷掀蓋子，沒蓋好。」

姊弟們仍在地上打滾，只有我小聲說：「不是我。」接著爬起來，腳步心虛的往後退，大吼：「不——是——我。」然後轉身跑出後門，跑向田野。

阿公拿了鋤頭，阿婆拿了長針，媽媽拿菜刀，弟妹們則各拿了木屐、火鉗與剪刀，從後方追來，像面對惡鬼般對付我。理由很簡單，那根支撐全家綺麗夢想的豬腿被我拆了，它成了腐木，造成美好的家倒了。

我跑向田野，不小心栽進了水田，頭插進爛泥。家人拔起我，只不過是為了更方便的辱罵我。這時候，我阿婆——那個神奇活過苦難時代，失去牙齒，被認定將過世卻活得更好的人——她告訴在場的人，關於飢餓，每個人都會犯錯誤，尤其是小孩。

「可是，也不必一隻豬腿看了半年，還吃不到，你們大人都是『齧鬼』（吝嗇鬼）。」我低頭反駁。

「大人說話，小孩頂什麼。」媽媽說完，賞我個耳光。

我沾滿泥巴的「火柴棒頭」，多了個掌印，又痛又紅。最後，大哭起來，淚水在臉上鑿出兩道痕跡。我越哭越淒厲，滿腹委屈化成熱淚往外流，大吼：「齧鬼，反正媽媽是囓鬼，肉寧願拿去餵蒼蠅，也不願意餵我。」我的舌頭，也許該說鬼尾巴，這時又抖動了，它也認同我的想法。

媽媽也哭了，淚水泛在臉龐，說：「你以為我願意嗎？那塊豬腿，我一個疙瘩也沒吃到。」這下子整家人沉默下來。

我不管，頭也不回，拚命的往荒野跑，也不知跑了多久，尋地方坐下，把頭埋在雙腿間。這期間，媽媽急切的呼喚我，要我趕快出來。我孩子性的再也不想回到那個家。天色漸漸暗了，四周充滿雜草、淒冷與黯淡，反正躲得了我。我哭累了，抬頭竟然看到諷刺的景象。幾隻山羊在草叢裡啃草，幾隻蜜蜂在酢漿草的紫花上採蜜，幾隻螞蟻搬蚱蜢，幾隻螳螂快意的捕椿象，牠們整天忙著有東西可吃，我卻忙著餓肚子。

忽然間，我聞到香味，味道絕對只適合人類。我趴在地上嗅它從哪來，這裡轉，那裡鑽，然後起身尋找，也不知走了多久，撞上一扇門，抬頭看出那是我家後門。我打開門，孩子性的衝到鍋子邊跺腳，大喊：「媽媽，我好餓。」滿室馨香，味道讓我置身天堂呀！原來，媽媽花了幾小時把那根豬腿處理了，剔除蛆與爛肉，下鍋去煎，趁熱切成丁，撒了鹽與九層塔，應該能叫作「鹽酥豬」了。我呢！受懲罰了，沒有份，卻得到最大的豬腿骨。

整整有三年，我與這根豬腿骨奮戰。媽媽教我用繩子將它掛在頸子上，成了特大只奶嘴，嘴饞的時候，吮它一口；嘴賤的時候，用它敲腦袋。我十歲的某個早晨，起身摸摸頸子上的豬骨，它沒了，真的沒了，管它怎麼消失的。我連忙爬下床，第一泡尿都沒撒，衝到客廳上香謝祖。

幾年來，食之無味、棄之可惜的豬骨沒了。一隻豬腿吃四年的噩夢醒來，從此天亮了。

第五個故事

阿撒普魯的三隻水鹿

我是高中生，剛從外地坐公車回家，半途特地下車來講故事。我曾發生過一件怪事，於是，自告奮勇的來這邊說出，娛樂大家，希望過世的「麵線婆」與各位長輩，不要認為我是來鬧場的呀！

故事是這樣的：

三寮坑國小流傳一句話：「唯有見『阿飄』，才能告別童年的無知。」這句話是最大的流沙，害每年不少小學生跳入「鬼屋」體驗。

鬼屋位在十公里外的原住民村莊——砂埔鹿部落，而確切位置在哪，我們三寮坑人根本找不到。所以，到鬼屋冒險，得找當地導遊。這位傳說中的導遊名為「阿撒普魯」，各位，請記得，凡是跟這綽號沾上邊的都很兩光呀！

那年春天，春假放到一半時，我們三位男孩，分別是「公水鹿」、「母水鹿」與「笨水鹿」——待會揭曉這綽號的由來——來到砂埔鹿部落。這時候的砂埔鹿部落籠罩在濃烈的霧氣中，半公尺內看不清楚，情況之糟，找不到自己的「石門水庫」撒尿，最驚險的是被自己的屁聲嚇壞。

我們知道，這下有理由回家，躺在椅子看電視。可是，回去的路也被濃霧淹壞了，只好花了幾分鐘坐下。沒錯，連找地板都這樣。誰知道，還沒坐穩，霧氣散光了，發現我們還沒走進部落，只坐在部落外的墳場。

砂埔鹿部落在眼前不遠處。它位在山坡，兩旁排列了磚房或木屋。中間由馬路貫穿，牲畜四處走動。這時候，我們看到導遊阿撒普魯。他顯然在部落門口等候多時了，主動過來打招呼。他像國中生，穿深藍色夾克，配上鬆垮垮的卡其褲，內褲的鬆緊帶露出來，上頭寫「看後頭」，後頭則寫著「看啥小」。

「我勸你，不要坐在我外曾祖父的避雷針上，因為，昨天上帝用閃電跟他溝通。」阿撒普魯說。

「公水鹿」發現自己坐上墳墓的十字架，腳懸在死者的照片前，他跳下來，怪起濃霧真大。

這時候，「母水鹿」也嚇到了，離開他屁股下的墓碑，並且回頭向死者拱手道歉。不過呢！阿撒普魯很客氣的對「母水鹿」說：「坐回去吧！那是我表哥的衝浪板，他一直想拖人去玩，現在有伴了。」

「我上有老母，放了我吧！」「母水鹿」苦笑著說。

我呢！當然是「笨水鹿」了。我坐在地上，鬆口氣，慶幸屁股不在避雷針與衝浪板上。

誰知道，阿撒普魯卻凝視著我，不發一語，好恐怖呀！

好吧！我錯了，但是，不知道錯在哪，希望我剛剛沒有迷糊得把死人骨頭吃下去。

阿撒普魯安慰我，說：「你剉賽了，坐到山羊大便，上次有人更慘，坐在死人頭蓋骨。」如果你能想像水煎包在熱鍋上煎焦了，就可以理解我屁股的那層「屎餅」剝不掉。阿撒普魯夠義氣，脫下褲子要我換上，自己穿著草綠色內褲。卡其褲不合身，我穿上像裙子。阿撒普魯便帶我回他家，拿合身的。我們一路盯著他的內褲帶用麥克筆寫的「看啥小」，旁邊另有陸軍番號。阿撒普魯才說他退伍了，只是個子小。

阿撒普魯家是磚房，屋內是有些暗，但還看得到動靜。他的祖父中風過，正扶著有背靠的四腳椅，大聲斥喝，把一群小雞趕進有保暖燈的雞籠。是的，我馬上聯想他是騎著椅子的西部牛仔。

祖父看到我們，呼吸更大聲：「三隻水鹿們，我會去救你們的。」之後，他不斷的說泰雅族話，外人聽不懂。

「水鹿在哪？」我們回頭看，什麼也沒有。

「不要管我祖父，他有點痟痟了。」阿撒普魯要我繼續前進，走到倉庫，他搜出一堆褲子，數量容許我每次坐地上，可以刻意選擇牛糞。

不料，他從櫃內拿出一顆水鹿骷髏頭，抹掉灰塵，說：「這是公水鹿，你戴上。」然後，又搜出一顆不帶角的水鹿頭，說：「這是母水鹿的，給你。」然後指著我說：「剩下笨水鹿的，喏，拿去。」

「我不懂戴上這個『笨水鹿』要幹麼？」我哪肯戴上，推辭說：「而且，我不笨。」

「避邪用的，你們不是要去鬼屋。平地人什麼狗血、符紙的，根本沒用，在部落要戴上這個才有效。」阿撒普魯擦去額頭汗水，又說：「走吧！我們去鬼屋了。」

我們把鹿頭上的鬆緊帶套在下巴，出門去。路上，阿撒普魯說明這三個鹿頭的來由。他說，在遙遠年代，砂埔鹿部落有很多水鹿，吃剩的芭樂心往後拋，肯定有隻鹿吼來。後來，水鹿少了，你得在野外放芭樂心，騙鹿過來才能獵到。更後來，鹿更少了，獵不到，你會氣得拿芭樂心砸自己的頭洩憤。拿芭樂心砸頭是他祖父的年代了。

阿撒普魯又說，他祖父——那位中風的老人——年輕時，頭上都是芭樂砸出來的膿包。還好，好日子來了，他有一次打獵時發現獵物，拉起弓，對準吃草的母水鹿。誰知道，這時候，有一頭公水鹿從後頭撲上去「嘿咻」。他祖父想，算了，放了這頭母水鹿吧！如果她往後能生下更多小水鹿，自己的兒子會拿芭樂送入嘴裡慶祝，而不是砸頭。他這麼想時，有隻笨水鹿跑進他的視野，趴在公鹿背上形成了「三貼」。阿撒普魯的祖父一笑，箭離手，一次射中三隻，成了砂埔鹿部落最棒的獵鹿紀錄「一串糖葫蘆」，同時也是絕唱。

「我祖父慚愧了一輩子，這樣殺水鹿，是違背祖靈的意思。」阿撒普魯下了這樣的結論。

我們在部落繞了一圈，連巷子中的小巷，甚至死巷，也不放過。阿撒普魯揮手，像是剛退伍在接受歡呼的人。不對，應該是招呼大家來看三頭水鹿。很多孩子正確的叫出我們的綽號，口氣比照對中了大樂透。我覺得，我頭上的不是鹿頭，是「扛棒」（招牌），像檳榔攤有七彩霓虹閃光棒的那種。

某家雜貨店的卡拉ＯＫ很大聲，有人悲情的唱「砂埔鹿的天空，有我年輕的笑容……」，這改編自王芷蕾的名曲〈台北的天空〉。然後，三隻水鹿中邪似的看著天空，那裡好藍，足夠我們看呆了。當水鹿遊行隊離開雜貨店時，有人馬上改唱「我現在要出征，我現在要出征……」，然後，店內的人跑到街上歡呼，歡送我們去鬼屋。說真的，我感覺有陰謀，也許等一下去的不是鬼屋，是刑場，頭被砍下，懸在部落門口示眾。

之後，我們竟然又回到阿撒普魯的家，跨進客廳。我驚訝的說：「我們不是要去鬼屋嗎？怎麼是回家？」

「快到了，再走幾步。」阿撒普魯肯定的說。

水鹿隊伍進到廚房，阿撒普魯的祖父在吃飯，坐在四腳椅。小雞們亂跑，鬧哄哄的，忽然停下來看我們，可怕的是，牠們好像在笑著。

這時候，祖父又愧歉的說：「水鹿們，我對不起你們。」之後，他用手指著小雞群，不斷說泰雅話，指責牠們不該恥笑客人。

「可以坐下來吃飯了。」公水鹿看著餐桌，可是隊伍沒停的走出廚房，他只好回頭喊：「好可惜呀！」

最後我們來到房屋後頭。「這就是鬼屋。」阿撒普魯說的是位在後院的一間破瓦屋。

「不會吧！這是在捉弄我們嗎？」我說，而且理解到達鬼屋前，為何在部落繞圈子，這叫「鬼打牆」。

「繞部落是儀式，你們應該懂的。」阿撒普魯嚴肅說，讓我們外人不得不認同。

鬼屋是日治時期的警察駐在所，歷經數百個颱風後，沒有一面木牆能攔下風雨，任何鬼片導演、走投無路的逃犯、厲鬼，都會愛上這。烈日下，吹來陣陣陰風，三隻水鹿身上的雞皮疙瘩熱情的開「轟趴」。我們好疲困，但精神卻好得不得了，睜大眼，頂著陰風唱國歌避邪，展開三天兩夜的鬼屋大冒險。

鬼屋內的裝潢是五星級的，蜘蛛網、爛玻璃、倒落木頭，像冷氣般的陰風陣陣吹來，還有被說成「死人骨頭」的貓與蛇的殘骸。屋子中央有根大木柱，我用瑞士刀刮破外層的腐朽，果真如傳說的是檜木，房內立即瀰漫一股芬芳。還有，屋後有一間蹲式廁所，糞斗上堆了一坨大便，我們研究日本人的屁股要多高才能炸下這種形狀，但旁邊散落了幾枚黃長壽菸頭，看來是現代人的屙屎藝術了。

這鬼屋的歷史，還是阿撒普魯最熟，關於殺戮和憤怒的歷史，他說：這大柱下曾吊著一位原住民頭目，不知犯了什麼錯，遭日籍巡察用木棒毆打，血不用錢一樣的流，被抬回家後死掉。那位巡察的命運也好不到哪，日本敗降後，他跪在大柱下，唱罷日本國歌〈君之代〉，朝東北方的皇室叩拜，再用刀慢慢鋸開肚子而死。

從此，兩個故事在屋裡有了交集。據說呀，每到夜裡，日本鬼不斷唱歌，還沒唱完，就被從榻榻米縫鑽出來的頭目用番刀砍下頭，丟到糞斗。鬼頭就卡在廁所裡，眼珠凸出來，舌頭從下巴拉過頸部傷口，背著頭顱走，走過的地方塗滿了血。

「哇！太棒了，就像鬼蝸牛頭吶！」母水鹿說。

「沒錯，到晚上，這屋會演出砍頭的電影，然後，頭在地上滾來滾去，又飛來飛去。」阿撒普魯說。

「鬼頭會吃掉我們嗎？」我說。

「會，他會吃掉我們。」阿撒普魯堅決的強調，說：「戴上水鹿頭，只要不亂叫，鬼頭不會生氣，甚至不會發現我們。因為我們一叫，氣從嘴巴流出，鬼會聞到。」

「那你呢！你沒戴水鹿頭。」母水鹿說。

「我習慣了。」

「可是鬼頭沒有這習慣呢！」母水鹿說。

「好吧！說實話，我是餌，勾引鬼頭上鉤，懂嗎？」

說真的，我被阿撒普魯的這番話激勵了，恨不得晚上快快來。

一到晚上，砂埔鹿部落特有的濃霧又來了，到處潮濕，空氣黏膩。我們拿著睡袋擠在牆角，彼此靠著。越晚，氣氛越到位，蛇鑽來鑽去，老鼠打架，貓頭鷹又把老鼠抓走。光是這些「動物星球」頻道的畫面，我們就嚇壞，抖到骨頭快拆了，連身後依靠木牆也跟著我們嘎啦響，害怕什麼降臨。

過不久，噓，後門有動靜了。啊！來了，「阿飄」來了，傳來窸窣步伐。我們沒膽了，全身亂抖，手中撕開袋口的蝦味先自動跳了出來，嘴裡的五香乖乖、方塊硬豆乾都不用嚼，牙齒自動軋成粉。

然後，鬼屋滲水了，不，是霧在屋頂結成水珠往下掉，這讓鬼屋像是在滴口水的骷髏嘴。好啦，廢話不說，說「正事」吧！也就是見鬼之事。有顆鬼頭浮在窗台，冷冷的往內瞪，發出綠光。十秒後，我們投降了，閉上眼流淚。之後，鬼頭往後門飄，在那摳著門發出尖銳的聲響，像一群小學生得知學校倒閉、校長落跑後，用指甲在黑板上抓來抓去慶祝。

「鬼頭要進來了，我們得去開門。」阿撒普魯鎮定的說。

「媽呀！我們要見鬼了。」公水鹿說。他說的每個字之間，強力震動，足夠塞下一架鐵牛車的引擎。

「混蛋，都給我進來吧！」阿撒普魯說。

這簡直是下令嘛！鬼哪有不出來的道理，於是，砰一聲，後門打開了，濃霧先滾進來。一顆鬼頭，散著長髮，露出大耳朵，臉中央滿是血，在濃霧中沿著地板飄進來。要知道，想讓三隻水鹿嚇得尖叫歡迎，一顆鬼頭是不夠的。但濃霧中又飄進十顆鬼頭，大小不一，嚇得水鹿們無力張口。

十幾顆髮茸茸的頭顱，瞪了三隻水鹿後，鼓著大耳朵，飄上梁，不時掉下臭口水。面對一排猙獰的鬼頭，我們佩帶在鹿角上的神符、大蒜、十字架都沒用，決定兩腳一攤，準備投胎。

啊——，我們終於大聲叫，不是恐懼，是憤怒。那不是鬼頭，是十幾隻的雞，蹲在梁上過夜，臉上的鮮血不過是雞冠。雞群也被吼聲驚嚇到，在屋裡跳來竄去，羽毛撒在空中，最後跑來啄我們，爪子猛甩耳光，連最兇的老師都不曾這樣虧待我們呢！

最後，水鹿們投降了，抱在一起，成了三貼姿勢，動也不動，任由這些鬼轉世的畜生蹂躪。辦完事，雞群站在我們頭上的鹿角，搧著翅膀叫。我們的頭，像檳榔攤有七彩霓虹閃光棒的那種呀！

這時候，阿撒普魯的祖父從後門出現，手放在四腳椅的椅背，趕著一批他養的放山雞進來。他看到三貼的水鹿們，鹿角上站滿了雞，忍不住吼：「畜生，你們這些雞沒教養，這麼虧待我的客人？水鹿們，我來救你們了。」說完，他拿起椅子砸向……不，雞飛走了，我們的角上空無一物。像獵鹿的歷史重演，椅子把三顆水鹿頭砸碎。萬歲，我們脫離三隻水鹿的夢魘了。

一夜未眠，別說三天兩夜，多一秒鐘都不想。天未亮，我們逃出鬼屋，披著拖在地上的睡袋，像三位長期被監禁而逃出來的小國王，拽著爛袍，頭上綴滿像醜皇冠的雞糞、雞毛、水鹿碎骨。最後，我們決定了，把這趟丟臉的冒險，說成恐怖的鬼屋探險，讓下一年級的小學生明年跳進來玩。

「啊！砂埔鹿的冒險，真是阿撒普魯。」我下了結論：「即使是『阿飄』，還敢住這恐怖的雞舍嗎？」

第六個故事

神奇的豬油拌飯

關於「神奇豬油拌飯」的故事，或「佛神退散」時刻，起因是我。這故事的版本很多，哎呀，連我都搞不清楚，哪個才是我的真實人生。或許，刻意誇大故事的人，渴望在其中獲得慰藉，畢竟這件事也可能發生在別人身上。

我是阿菊婆，今年八十五歲，沒剩幾顆牙，也沒剩多少歲月。如今我膝下承歡，一切快活得很。我待會說的故事，距離久遠了，不過，我沒有悔恨過，或者說，在事件發生之後，我釋懷了。而我也強調，如果聽眾想憑細節，重現那碗至臭與至香的拌飯，我絕不反對，但重點是：「人生和食物的美味總是短暫，而消化的時間較長。」

現在，把時間倒轉，回到沒有柏油路、沒有壞人的年代，有，也只是山豬偷番薯與老鷹偷小雞。那時的我才六歲，聽力敏銳，一雙耳朵能攔下許多聲音。每到凌晨三點，阿姨起來煮飯。同一時間，我也醒了，可是仍賴床，躲在被窩裡不想出來。我聽到床底蟋蟀聲，窗外竹子摩擦聲，蚯蚓爬過落葉聲，更遠還有稻穗的窸窣搖曳聲。我還聽到阿姨走到廚房，生火煮飯，柴火在灶裡脹裂，聲音像是西瓜摔碎地上，好聽極了。

過了不久，阿姨端著油燈回來，把冰冷的手伸進被窩，搔我的胳肢窩，像酒鬼用舌頭摳出瓶底的最後一滴酒那樣精確。我得起床了，不然，我會錯過一家人的早餐。我穿上香蕉葉製成的鞋子，從阿姨手中拿下油燈，獨自走過客廳，到阿婆房間的櫃子取出今天的米糧。那一小杯米，阿婆很珍惜，前一晚從床下管制的米缸量好，再放入櫃子防鼠。拿米煮是阿婆給我的每日任務，她要我像大人，早起幹活。我六歲就得當大人，而其他的大人卻像小孩呼呼大睡。

那杯小米，只是一碗飯，再摻上大量番薯籤就是家族十幾人的早餐。我吃不到飯粒，因為我工作能力差，沒鋤頭柄高，只能認分的吃番薯籤。但是，阿姨有辦法騰出一碗飯。每一回，她從那杯米拿出兩粒米，要我存在竹筒撲滿。

「這樣偷米，阿婆就不知道了。」我說。

阿婆非常節儉，連灶底的老鼠都知道她會從水溝撿起一粒遺落的米，而高興整天。但是，阿婆絕對看不出我和阿姨的把戲。

「阿菊，這不是偷，是儲蓄。」阿姨摸著我的頭，說：「妳仔細聽，米存起來的聲音。」

撲滿是在竹節上鑿出一個小洞，老鼠鑽不進去，外人看不出來，恰好能塞進米粒。我每日照三餐塞，共六粒米，我逐漸聽到竹筒的飽滿聲。那撲滿，我得說它是世界上最美妙的樂器，米粒由少漸多時，聲調從嘩嘩嘩改成沙沙響。它存入的不是米粒，而是甜美的希望。

每過一季，我存了五百餘粒米，這量夠了。那時，我和阿姨如常的早起，熱情的擠在灶旁，等待表演。阿姨教我把適量的水灌進竹筒，塞入灶內烤。我愛上火焰在木頭上的舞姿，一朵朵豔紅的火，扭著身體，踮著腳尖，踩得木頭劈劈啪啪響。火焰也繞著竹撲滿跳舞，呼喚裡面的米醒來，脹成軟鬆的飯。最後，阿姨用火鉗夾出燒黑的竹筒，用菜刀剖開，米香四溢。阿姨會放下因為防貓而掛在梁上的豬油罐，舀出一點點的油脂放在飯上。油霜融化了，把每粒飯裹得緊緊的，迸亮亮的。

那是最幸福的時刻，這世界彷彿只剩我和阿姨，兩人蹲在黑暗的灶房角落，就著灶裡的火光，吃豬油拌飯。我發明很公平的吃法，我吃一口飯，阿姨只吃一粒米。我吃飽了，阿姨也笑飽了。阿姨說這很公平，她沒吃虧，這碗好時光，她吃得飽飽的。

某天早晨的灶邊，我依舊觀察「火焰之舞」，丟棒子進去。火跳上去，在棒子上走平衡，朝我臉上吹著暖和的空氣。在灶上，阿姨忙碌做菜，一下煮菜，一下洗菜，那節奏和木柴燒裂的聲音很搭。之後，我窩在柴堆睡去，夢淺淺的，又淡淡的，幾乎是點一下頭後醒來的那種。我發現我流淚了，小孩的淚水通常與挨打、白日中邪有關。可是我的淚，跟夢境有關，竟流下難過的淚水。至於是什麼夢，我忘了，但是那難過的淚水忘不了。

我抹乾淚，站起身，雙手扶在灶頭上，說：「阿姨，大家對妳好壞喔！是不是妳剋夫？」我這麼說，是因為家人說阿姨害死了丈夫，沒給過好臉色。我兩歲時，阿姨的丈夫去採水果，跌落山谷，在床上躺了半個月後，再也沒醒來。我對此沒記憶，當時太年幼了。

「不能亂說壞話，不能做壞事，亂說亂來的話，灶神年底回天上時，會跟天公伯稟報的。」阿姨使我個壞眼色。

「我沒有說過壞話。」

「好乖。」

「我沒有做壞事。」

「有嗎？」

「有一些些，只有一些些。」

「很好。」

「那說好話呢？」

「可以。」

「那說願望呢？」

「到年底，灶神會跟觀音娘娘說。」

「說了呢？」

「觀音娘娘會幫妳。」

「那、那……那我要吃更棒、更大碗的豬油拌飯。」我打開灶門，對裡頭的灶神大喊。火焰被我嘴裡噴出的氣激勵了。

「快吃快長大，將來要嫁給好先生。」阿姨說。

然後，我們笑了，好快樂呀！灶裡的火焰也擺動似的在笑。

隔年夏天，家門前的蓮霧樹結實纍纍，白蓮霧，白中透青，青嫩中有一股紅潤，阿姨用帶網杓的竿子撈下來。青蓮霧帶酸，它就是那模樣，阿姨能直接吃酸的，我得蘸紅糖吃才行。就在那時，村子來了兩輛黑色三輪車，停在家前。三輪車有篷遮，把手塗紅油漆，椅子也是豔紅的，車後綁了像尾巴的甘蔗。

今天是阿姨改嫁的日子。我則完全被後頭那輛車吸引。車子照禮俗綁了一根竹子，竹子上頭掛豬肉，晃呀晃的。我很少看到這麼大塊的豬肉，陽光下閃著油彩，眼珠老是盯著看，一直留在車邊。婚禮很簡單，一盞茶而已，打扮漂亮的阿姨上車時，注意到我的眼神停留在豬肉上，踮腳把肉取下給我。

「妳要去哪裡？妳要煮肉給我吃呀！」我說。

「等我回來。」阿姨說。

白蓮霧落下，滿地都是，到處盤旋著果蠅，翅膀嗡嗡響。白蓮霧也落在車篷上，一聲、兩聲，也落在車踏盤上。阿姨沒有把落在腳邊的蓮霧踢落，是用高跟鞋輕碰。然後車走了，輾破滿地的蓮霧，發出唰唰聲。車子最後拐個彎，才掉下車盤上的那顆白蓮霧。

白蓮霧的季節呀！我靠在樹下看著阿姨離開，也等她回來。到了傍晚，晚霞染滿了白蓮霧，阿姨還沒回來，蓮霧還在落。

我把那塊大豬肉看緊，等阿姨回來。天氣熱，鮮豬肉很快轉成暗紫，失去彈性。我把肉放進陰涼的床底，它還是變硬；我把肉藏在鹽巴堆，它又發臭。過了幾天，豬肉腐爛了，我用繩子綁了泡在井底，那成了臭井水。肉質越來越糟，我更不能離開它，放在懷中藏著。

阿姨離開了，接替她工作的是姑姑。不一樣的是，我得叫醒姑姑，一起到廚房工作。姑姑大我十一歲，她的勞動生疏，洗菜不俐落，拿鍋鏟不夠勤，她比我更喜歡顧火的工作，看著火，很快被催眠而睡著了。我教她觀察火的顏色與舞姿，教她每餐存下兩粒米，不能太多或太少，期待竹筒飯時光到來。姑姑人很善良，跟我說阿姨的往事，說阿姨與她的前夫的結婚過程，還有那些滑稽與無奈的點點滴滴。姑姑人很好，可是人再好，也不能取代阿姨，尤其她吃竹筒飯時都要求均分，一人一口。她嘴巴較大，我覺得我吃大虧了。

「阿姨哪時會回來？」

「她不會回來了，永遠不會回來。」姑姑口氣堅定的說：「要是我，我也會離開這個家，越遠越好。」

姑姑說錯了。到了第六天，歸寧的阿姨帶了一包黑糖給我。我臉臭臭的，身體更臭，雙掌闔得緊。阿姨狠勁掰開我的手，一塊長蛆的臭肉掉下來。沒錯呀，我幾天看不到阿姨，不斷哭，用淚水的鹽分減緩豬肉腐化，用手掌隔絕空氣。即使這樣，豬肉仍長蛆，把一塊手肘長的肉塊吃成棗子大小。

「妳回來幹嘛？」我憤怒，又說：「豬肉壞了，不能吃。」

「妳生氣了。」

「我・沒・有，妳不想回來，就不要回來了。」我低頭講，照著姑姑的意思說，我知道那也是我的真心話，便再度強調：「妳不要再回來了。」

「妳生氣了。」

「我・沒・有・生・氣，要是我，我也會離開這個家，越遠越好。」我學姑姑說話，更強調的說：「我要跟妳絕交。」

從六歲開始，我就是個大人了，自己洗衣煮飯，要跟阿姨絕交。可是，就如大家知道的，阿姨不是我的阿姨，是我媽媽。在那個年代，要是母女相剋，女兒不能直呼媽媽，得委婉的避稱「阿姨」。要是我直呼媽媽，會被懲罰，長輩聽到會責罵。即使沒長輩的地方，還有許多神明監視，田裡有土地公，荒郊有「三界爺」，客廳有祭拜的觀世音娘娘，廚房更有灶神。到處有神站崗，要是誤喊了媽媽，神明稟告天公伯，得受處罰。

從六歲開始，我是個大人了，跟媽媽絕交，永不相見，祝她幸福。我把兩手的食指伸直碰觸，等待媽媽切開，算是絕交的誓言。可是，阿姆唉，我心底可難過透了，眼眶滿是淚水打轉。

「切斷。」我挺起連接的食指。

「要是切斷，就再也看不到阿姨了。」

「沒錯，切斷。」我語氣很堅決。

媽媽蹲下來，安靜看我。她伸手，沒有切開我的手指，拾起地上的爛肉和白蛆，放入熱鍋。一股臭味散出來，越來越濃烈，到達人間至臭的味道。家人和媽媽的新丈夫逃開了，柴堆裡的老鼠和牆縫的蟋蟀也竄到農田，房屋周圍一百公尺沒了人。鍋裡的肉持續發臭，像屍蟲鑽入腦門，像刀子割毀五臟六腑，那種臭，天呀！沒有讓我與媽媽離開廚房的念頭，或許我們都知道，這次離開，就再也見不到了。

臭味來到了高峰。轟隆一聲之後，一切寂靜無聲，火滅了，炭熄了，煙也癱廢了。灶門自動打開，一股透明的氣往窗外飄去，那股氣是灶神因為惡臭而閃避了。眾所皆知，進入了傳說中「佛神退散，母女相認」的時刻。這次我知道，失去媽媽，就只剩回憶，便努力把橫在胸前等待切開的兩手放開，抱住她大喊：「媽媽，妳要一輩子幸福。」這是最心底的話。

媽媽心都碎了，淚水落下鍋。吱啦一聲，油水爆開來，伴隨大量霧氣，煙霧形成巨大的白色陰影，從灶房漫出去。好安靜呢！像回到往日清晨的時光，灶房只剩下母女兩人似有還無的偎靠。漸漸的，由於媽媽的淚水混入熱豬油，先前的臭味轉韻了，慢慢轉成香味，在鼻間散發芬芳。這種大開大闔的落差，真是難以描述，或許，那些臭肉能提煉出至極的香水。

淋上豬油，那碗飯亮晃晃的，米粒飽滿，把我迷住了。我沒有吃半口，光聞香味就飽了。我滿心歡喜，捧著碗蹲在屋角，等媽媽「妳一粒、我一口」。等呀等的，天黑了，夜空迸流星，灶裡也迸火星，原來是灶神回來了。我仍在角落捧那碗飯，不知媽媽早就趁煙霧之際離開，從此沒回來過。

第七個故事

壓力鍋煮輕功

「麵線婆」之前常來我家開的雜貨店聊天。她說的故事好聽極了，所以今天我也來講個故事回饋。不過，我廣告一下，我最近買了台攝影機，想拍小成本電影，缺少演員與資金，希望大家來「尬」一角，更歡迎捐錢。凡是出錢出力的，我會在電影劇終時鳴謝。

當然，我以下講的故事，要拍成電影，在場不少人還知道主角「阿憨叔」這號人物，他如今「回唐山」（去世）了，但是他的精神長在我心。如果大家覺得這故事不錯，來我家雜貨店報名，一起拍電影的，買東西打九折。

大家還記得的話，練輕功曾經是三寮坑小孩最風靡的運動。這項運動的源頭得說到港劇《楚留香》。一九七〇年代左右，那時候每到星期日晚上八點，大家守在電視前看這齣戲，眼珠子都不敢動。戲結束了，大家隨片尾的主題曲，用蹩腳的粵語高唱：「欠衫鵝（千山我）獨行，扒皮（不必）相送。」

那種口氣，非常英雄，真會忍痛剝了自己的皮，給一隻沒衣服的鵝穿。在這齣戲的影響之下，男孩打招呼都照主角楚留香的招牌動作，用中指搓鼻翼，順道摳鼻屎，以「彈指神功」彈對方，大喊「留屎不流鼻血」，將楚留香的名言「留情不留種」發揮盡致。

大家還記得的話，楚留香最厲害的不是彈指神功，是輕功。這帥呆了，他不知是哪層天降世的神仙，氣貫丹田，腳一縮，只是唰來唰去，影來影去，搞得觀眾的眼珠子都轉出眶了，還找不到他在哪。當然，楚留香已彈到山外，讓那些對手根本搞不清飛走的是人還是鳥。

就在那時，阿憨叔搞來一台昂貴的錄影機，錄下每集的戲研究。他又買了古龍的原著《楚留香》，每禮拜六在自家門前說書，大受孩子歡迎。有一天，說到楚留香又是抱得美人歸，阿憨叔嘆息，滿腦生煙，把他的某根神經燒壞了，也想來個氣貫丹田，當下蹦輕功。誰知道，他盤坐在椅子上太久，腳麻了，人沒跳起來就算了，還從椅子上栽下來。結果，他趕緊解釋這叫「倒掛金鉤」。我們那些聽他講古的孩子，憋著笑聲，把阿憨叔扶起來。

「好了，我要練輕功了，決心打敗楚留香。」阿憨叔摸著頭上的包。

許久，我們知道他來真的，激動的靠近。阿憨叔卻唱起了結尾曲回絕：「欠衫鵝獨行，扒皮相送……」

「扒皮相送……」我們唱和，看著阿憨叔走進家，走入一條孤獨、充滿荊棘的道路。從此我們村子多個英雄了。

輕功，你以為喝喝黑松汽水，肚子灌了氣就飄起來啦？錯，得花時間練。到了第二天，阿憨叔出現在三寮坑，走得有些慢。因為呀！他用魔鬼氈在腳上綁了各五斤的鐵沙袋，上頭以紅筆寫著「苦練」。我們都知道，哪天把它拆掉，一蹦，保證天公伯要找人修地板了。

不過，阿憨叔從家門才走到村頭，就全身發汗。少說有三十幾個小孩跟著他的情狀下，他解釋這叫「運功」，不是「累得像狗」。我們沒注意到運功與死狗的差別，眼神盯著鐵沙袋，想借來綁在自己腳上，明天到學校秀給大家看。

「要練多久，才練成？」我搔著頭說。

「這不是烤番薯，少說也要二十年。」阿憨叔說完，往自己家門走回去，還得花上一小時路程。

「ㄏㄚˋ，下禮拜朝會，你就不來學校，表演一口氣跳到旗杆頂囉！」

「這要下苦工，你以為我是馬戲團的？」他走得安穩，只有與小姐擦肩而過時，才會表演運動選手暖身時的原地快速跑步法，把膝蓋頂到胸口。

過了幾天，陽光熱得很，我們大中午躲在橋墩的陰影下玩水。冰涼的河水滑過身體，把暑氣都稀釋了，我們吃著噴汁的西瓜時，看到有人走過橋。我們大聲喊，阿憨叔，是你嗎？

阿憨叔從橋欄探出頭，大喊：「各位，給我十年，我給你輕功。」

那張逆光的臉看不清楚，卻讓太陽在後頭發光，霞光萬丈，佛陀降臨。我們裸著上半身，跑上橋，發現「輕功縮短十年」的原因了。阿憨叔揹背包，裡頭有幾塊大石頭隨著步伐響。他說，腰部纏了沙袋，手臂也有。我們默默跟著他，背脊冒汗，腳燙得發麻，直到確定阿憨叔說真的：他身上的汗水把衣服黏癱了，露出底下的沙袋。我們這才停下腳步，願他在荊棘之路好走。

從那時起，凡是大家快遺忘他練功這回事時，阿憨叔就冒出來，告訴我們他的「輕功發表大會」時程又縮短了。每縮短一些，他身上就多些負重。最後，他成了全台灣最慢的人，快跟烏龜歃血為盟了。他腳踝各繫六公斤沙袋，大腿各纏八公斤，腰掛十公斤，手臂各貼五公斤。吃飯時，得先吐出那半斤、像拳擊手口中的護舌套似的鐵塊，一口氣灌滿三斤的飯菜與湯水。那些重量是我們的保守目測。有一回，有人拿了體重器，請阿憨叔站上去。只見秤針轉了一圈，破百不回頭，壓壞了彈簧。孩子們歡聲雷動，只剩下那個帶體重器的孩子抽泣。可是，阿憨叔的噸位超重，速度也減慢，吃飯一小時半，刷牙洗臉上廁所共一小時，他活動時像機器人那樣帶著停頓。

阿憨叔每天花八小時練功，克服地球引力。他用雙手拔起左腳，再雙手拔起右腳，好拉開地球這大磁鐵。他脹紅著臉，一步步前進，說這叫「跑步」。有時候，他跑累了就在樹下睡覺打鼾，我們怕他著涼，拍醒他。

阿憨叔眼睛泛淚，說：「我是睡覺兼練功，差一點走火入魔。大俠，謝謝你點穴救我。」說罷，他花十分鐘扶著樹起身，又是沉重的龜跑。我們常常不忍超過他，走竹林或溪谷繞過去，回頭含淚祝福他：英雄，加油。

我們最常問：「哪時練好？」答案是非兩年不可。等到我們不再有興趣，穿過奔跑練功的阿憨叔，有如超過螞蟻時，他自動宣布，一年就好。奇怪的是，那些答案總是縮水得很快。三個月後，時程已經縮短成一個月。

到了學期末，作文題目是〈我的偶像〉，我大膽寫阿憨叔，並說明他是阿姆斯壯的在台子弟，苦練輕功，絕對能一跳打破天頂。

對老師而言，這是天大的笑話，她在考卷上打了個大叉，筆尖劃破了紙，有個破洞。我可以想像老師改考卷時，笑岔了，因為她在發考卷時，把這笑話當著全班說出來。

放學後，我拿作文本到阿憨叔家，攤開考卷，說：「這世界沒有輕功，只有大叉叉。」

「我的危險來了，沒時間跟你爭那些『狗屎毛』的事。」阿憨叔說。

誰知道，主場優勢又交給阿憨叔了。因為，我目睹了危險，還真險。阿憨叔丟掉潛水鐵盔，解開鐵鍊、背袋與沙袋，脫掉一層又一層的衣褲，最後像是吃光的棉花糖露出竹棒子。久違的阿憨叔肉體，又瘦又小，皮膚慘白。他緊抓住簞笥（衣櫥）邊，大喊：

「我的腳好輕，要飄起來了。」

神奇呀！神奇。阿憨叔倒立，雙手抓住地上的啞鈴，腳懸起來。他沿著牆壁倒走，走到浴室，用腳關上門，開始一星期來最危險的工作——洗澡。

我敢肯定，嫦娥飛上月亮前，先洗個長時間的美容澡，不然沒有水的月球會讓她困擾。因為，阿憨叔也是。他進入浴室後，隨即傳出砰的一聲巨響。我在外頭連忙詢問發生什麼事。

阿憨叔說：「腳太輕，人飄在天花板上了，撞出聲音。」

我說，「你不要飛走，我來救你。」

他大聲喊：「不要開門，不然裡頭的蒸汽太濃，我會順著飄走。」他是不想太早公布他練輕功的成果。之後，浴室又傳來砰砰的聲音，可想而知，阿憨叔飄起來時，撞了好幾次天花板。

我腦海裡湧動各種畫面，快把我淹死的那種。天呀！阿憨叔會輕功，我竟相信老師，不相信眼前的。我能掛保證，阿憨叔待會會踹破天花板，跳上屋頂，站在電桿上，成為全村的焦點。隔天上報了，隨後去奧運發光。在那奧林匹克傳統的偉大場合，他兩步就從起跑線跳到了百米終點，裁判都跪在地上泣喊，天才。阿憨叔接著用牙籤撐竿跳，打破世界紀錄。再來呢！跳高、三級跳、馬拉松賽都拿到金牌。然後，他開著鐵牛車進三寮坑，車斗裝滿金牌，氣得他一路抱怨：「太多獎牌了，車子裝不下，爆胎好幾次。來來來，你們拿幾塊金牌去墊神桌腳，不然去打水漂。」

「噓！不要說出去。我現在的輕功，只能利用水蒸汽，等我練成，辦桌好好慶祝。」阿憨叔從浴室探出頭，打斷我的想像。

「好，那要多給我幾塊金牌。」我說。

「好好好，幫我拿條內褲來，我忘了。」他說。

暑假很快要結束了，某天的暑假返校升旗典禮，太陽正旺，校長嚴厲宣導保密防諜的工作。他在台上快把嘴巴說破了，我們在台下熱得像活蛆。

「各位同學，這點熱都不能忍，將來不能成棟梁。」接著校長抓著麥克風大喊：「還有，為什麼司令台上有棵『鐵樹』？好醜。」

靜止不動的鐵樹動了，伸出舌頭，頂開罩子，喊說：「大會報告，再一個禮拜就好，暑假的最後一天，我表演輕功，報告完畢。」那原來是阿憨叔，他攻下司令台了。

「快把這棵『共匪』搬走。」校長氣炸了。

那棵匪樹，不，該說是「匪」夷所思的鐵「樹」，被我們搬下了司令台。那一刻，我感動起來，這個傢伙為了三寮坑、為了奧運而折磨自己，就為了成為人中人。

「阿憨叔你要小心，晴天也會打雷，你這根避雷針很危險。」有人說。

「你會被壓扁的，鐵衣那麼重。」又有人說。

「阿憨叔，你一定要天天來，最好把校長氣死，我們就賺到了。」

「我不是來混的，再過幾天就練成輕功了。」阿憨叔說。

「怎麼這麼快？」我訝異問。

「哈，難道沒發現？我用了快鍋加壓法。」阿憨叔撥了一身像藤蔓、像榕鬍垂地的鐵鍊，大汗淋漓的說：「少說也有五十公斤吶！而且我是用百米跑的火候衝上司令台，有發現吧！」

「有有有，好快呀！真見鬼了。」有人說。

「你不相信我？小心我點你的死穴，扭斷你的奶頭。」

「我好怕，不要。」那個人說話太戲謔了，還挺出胸部相迎。

「別說你的奶頭，就是你全身的雞皮疙瘩我都能一粒粒扭斷，有種站好，別跑。我開始運功了，等會你就皮痛了。」

大家逃光了，只剩阿憨叔在原地，大喊：「給你們一分鐘跑，別怪我等一下用狠手捏。」誰知道他隨後起步，猛跌地上，爬不起來，全身遭鍊條壓得動彈不得，尖叫得像殺豬。要不是大家回頭用棍子把他撬起來，恐怕鬧人命。

到了暑假最後一天，我們聚在阿憨叔家，急著看輕功。他倒是不疾不徐，慢慢卸下一身鐵盔甲，盤在一張微凸的「魔毯」前，老僧吐納。他用卡匣錄音機放音樂，好雄渾，好偉大呀。我永遠忘不掉那音樂，是電影《2001太空漫遊》的開幕曲〈查拉圖斯特拉如是說〉，也就是李季準後來在中廣「感性時間」的開場音樂。那配樂，鼓聲雄壯，背景是太陽升起，人類就要進入太空時代的氣氛，而眼前的阿憨叔——好乾瘦，有點駝背，但眼神堅毅，或者說，目光處於發情狀態——就要表演阿姆斯壯在月球上才會的絕活了。

阿憨叔說，壓力鍋得放完蒸汽才可開鍋，不然會爆炸。只能怪他吐納氣息太久了，我們發現某個能瞬間練成輕功的寶物。在阿憨叔起身，走上「魔毯」時，我們更快的跳上「魔毯」，把他擠開，在上頭亂跳，凌空翻滾，無視阿憨叔倒在地上哭吼。

十幾個孩子表演了輕功，跳得又高又快樂，終於踩爆魔毯，夾著屁股落跑。魔毯報廢了，露出十幾束像龍鬚菜的彈簧。它是村子裡的第一張、也是最短命、最慘的彈簧床。

第八個故事

野狼、海王子與烏賊群

最近廟口來了新的肉販，跟我搶生意。各位要知道，我豬肉嫂賣的豬肉都是用鑷子把豬毛一根根先拔好，不像有人用火焰槍燒的。我不要講太明白了，反正以後大家到廟口，知道要跟誰「交觀」（購買）了。還有呀！我帶了兩個小孫子。大的讀小六，叫「大王子」；小的讀小三，叫「小王子」，兩個都很吵。我每次講這個故事，他們都會在旁邊加油助陣，是我的啦啦隊。

好啦！我也別太囉唆，趕快講故事。

有些事，你得經歷過才知道奇蹟，像是中愛國獎券特獎，像是閃電劈在你躲雨的樹上而人還好端端的，或者，像我有了一趟偉大的「歐多拜」之旅。接下來我所說的「歐多拜」之旅，說不上多大的冒險，但對我而言，證明這是有神蹟的美好世界。

好吧！從那輛「歐多拜」說起。它停在靈堂前，是野狼機車，累積里程數有三十多萬公里。自從它是我的以後，我騎環島五次，過中橫兩次，騎到墾丁看落日兩次，上合歡山兩次，至於摔車有十次左右。這不是炫耀，而是肯定這台機車耐操、耐用。而且，我的弟妹結婚，全靠這台「歐多拜」當前導車。不要看它老氣巴拉的，打扮起來可是——套句我孫子常形容的——「啪哩啪哩」的。我可以很驕傲的說，要是誰能在車上找到一小塊鐵鏽，我頭就剁下來給他坐。

說到這台「歐多拜」，得從我爸爸說起。

爸爸他呀！是偉大的伐竹工人。他拿著「螳螂刀」往竹子基部砍，一根竹子不超過三刀，便倒下來。那種力道，竹根十公尺內都能感受到地面震動。爸爸卻說竹根綿延，地動是正常，能刺激竹筍生長。然後，他用刀背擼掉每根竹枝，竹子光溜溜。他把捆好的竹子，架在機車兩側，從遙遠的山上騎下來，往載運的鐵牛車駛去。他頭戴草帽，後頭拖的竹叢發出嘩啦啦聲響，背景是發著綠光的桂竹林。我幾乎可以肯定一件事，他是卡通裡騎海豚的海王子，機車是海豚，竹叢是海浪，發綠光的竹林是海洋。沒有人像他這麼猛了。

那年夏天，我沒有錢參加小學畢業旅行。可是，爸爸給我個禮物，他半夜四點叫醒我，父女坐上「歐多拜」，去台北圓山動物園看大象林旺。那條台三線像顛簸遙遠的河流通往台北，海王子與我坐在海豚上，一路前行，直到天亮了，我們在車上共享一個包酸梅的大飯糰。接著，下雨了，我躲在雨衣下，緊緊抱著海王子，直到陽光再度出來。海王子教我「路從口出」，如何突破每個迷路時刻。最後，我們到達圓山動物園，我的屁股震得快開花了，蹲在路邊好久，是海王子揹我一段路才看到林旺。說真的，關於大象，我頭暈到沒有任何記憶。回家的路更漫長，我好幾次打盹，差點跌落車，多虧海王子用機車後座的橡皮帶把我與他纏在一塊。我半夜回到家，倒頭就睡，第二天起來，還窩在被窩裡複習那種幸福滋味，感覺像是美夢，但是骨頭痠痛像噩夢。

第一個教我騎「歐多拜」與阻止我騎「歐多拜」的，都是同一個人，那是我爸爸。那次，他醉醺醺回家，教我最難的——啟動「歐多拜」：如何放開一半的離合器，同時配合油門加速，才不會熄火。

結果，他酒醒後告訴我：「女人家，不能騎野狼。」隨後用奇怪的「洗衣板理論」說明，他說：「小姐洗衣時是側坐，新娘是害羞的跪著洗，只有歐巴桑才腳開開的。」

各位，不要看我女人家講話沒氣質，可是，跨上機車，即使像歐巴桑坐在洗衣板上，後頭載上三桶瓦斯，沿路的男人還是發瘋的追妳。可是，我爸爸沒有看到我拉風騎車。我國一時，西醫為我爸爸腫痛幾個月的膝蓋下結論：骨癌，所有的努力只能延長生命。我爸爸照常幹活，砍竹、載竹、騎機車，直到他連中藥都喝不下，而且經常性住院，住院時間越來越長。

爸爸不在家的日子，我負責發動機車。「車要每天騎才不會壞」，這是爸爸說的。我發動車後，竟偷騎起來，漸漸的，我掌握訣竅，在曬穀場繞圈子，大膽的騎到村子去，乾脆騎去五公里外的工廠上班。沒錯，我國中畢業後在陶瓷廠當繪料女工，只要騎車追過巴士，沒綁的頭髮像激流亂甩，讓公車上的男乘客從座位跳起來往我這發情。

我十六歲的中秋節前夕，與讀小六的大弟、小四的妹妹、小二的小弟，在客廳等媽媽從醫院送爸爸回來。我們都知道，爸爸這次回來可能已彌留，要待在家到病逝，不再與病痛糾纏。時間一分一秒過去，窗外蟲鳴漸漸平緩，妹妹與小弟在藤椅睡著，夜已深，沒有汽車來到夥房的聲音。我的頭歪了幾下，醒來時，看見大弟穿好衣服，跨出門去。

「我要到村口去接爸爸，我去去就回。」他頭也不回的走去。

我喊住他，要他別去。妹妹與小弟也醒來，吵著一起去。這時候，凌晨十二點，去也等不到爸爸，可是我拗不過大家的要求，決定騎車載大家到三公里外的村口。我把「歐多拜」推到路坡，抱弟妹上車，趁車子往下滑時帶動引擎，打入四檔，放開離合器，車子便發動了。這樣能避開在夥房發車時，巨大的引擎聲吵醒別人。

到了村口，我又騎往鄉界。我有多次回頭的動念，總是被弟妹們的歡呼聲打斷，而且我也告訴自己，一路騎下去必定能與爸爸幸福相見，然而，會在公路上的哪段呢？一小時後，車子通過鄉界，打破了我騎「歐多拜」的總時數。車又繼續往南，發出隆隆聲，尤其是路邊有類似駁坎牆壁時，回音更驚人。各位知道我是從新竹寶山嫁過來的，我的起點是那，終點呢？是台中市的省立台中醫院，也就是爸爸住院的地方。

「歐多拜」上載了弟妹。後頭的鐵架坐了大弟，他屁股下塞枕頭，兩手也必須努力才能搆得到我的腰，免得坐在中間的妹妹跌落。小弟坐在前頭油箱上，手抓住後視鏡的鐵柱。

夜裡，冷風呼呼的颳過耳旁，景色看起來差不多，又黑又稠，路都是同個模樣——無止無盡，而且禁止你有過多的聯想。聯想過多的小弟嚇得閉眼，老是尖叫不停，說看到各種鬼怪。妹妹說，是呀！車上有一個鬼叫的笨蛋。

車況突然變怪了，油門不順，在一段爬坡後停下來。我不知道問題出在哪。大弟拍了拍油箱，它發出空蕩蕩的回音。沒油了，也找不到加油站。在我忍不了弟妹的哭鬧而快發怒時，一盞手電筒打斷了我們之間的摩擦。那盞燈從遠方投來，帶著細微的腳步聲。最後，出現一位老阿婆，她包著頭巾，提竹籃，見到我們跟見鬼一樣驚恐。

「我的歐多拜沒油了。」我說。

「我能幫忙，但得先去上香。你們跟我來。」老阿婆說。

好吧！我們也跟去上香，深怕眼前的救星跑掉。穿過路邊的竹林，再上一段長滿咸豐草的坡路後，展開一片水田。田中有座磚造的小土地公廟，很秀氣，像個紙箱子，颱風一颳就沒了。老阿婆告訴我們，廟雖小，卻是她的信仰，唯一的信徒也只有她。多年來，她在凌晨四點的第一聲雞啼前必定上完香，從來沒有被颱風或寒冬阻撓過。之後，阿婆向土地公祝禱，祝我們一路平順。為了這句話，蹲在田邊發呆的大弟都認真起來合十。

離開土地廟時，大弟忍不住問：「祂上次顯靈是哪時候？」

「我沒看過。」老阿婆篤定說。

我們發出驚訝聲，而且停下腳步。尤其是妹妹，直腸子個性，有話就講，有屁就放，她大聲說：「完蛋了。」

「我過得好，從來不替自己祈求。」老阿婆繼續往前走，也不回頭，「我只替路過的人祈求，而且，他們沒有人回來抱怨。」

我想也對，至少我們解決了汽油問題。我們把機車推過路坡，不遠處是阿婆的家。她從農舍提著塑膠汽油桶倒油，不只餵飽了機車，也餵飽我們。因為她塞了幾個飯糰給我們，多到能當午餐。

我發動機車，離開前，老阿婆把一根折斷的榕樹枝插在機車儀表板旁，說：「走吧！這樹枝是伯公（土地公）的楞杖，會保佑你們，無論哪條路都通往目的地。而且，逢山開路，遇水架橋。」

車子很快離開了，我瞥了一眼後視鏡，那有著擁擠不堪的黑夜，一盞薄燈卻永不熄滅。轉個彎，我很快失去那盞燈，卻被大車燈螢亮的視野嚇到。前頭的台一線流動無數燈光，載豬車、運菜車一輛輛往北殺，那是高速公路通車前的景象，南北向的省道徹夜有車。我只要逆著那刺眼的燈河下去，就能到達台中。可是那些燈好強，伴隨兇狠的喇叭聲，我雙眼疲憊，淚水直流，路上掀起的塵埃也是幫兇。

妹妹與小弟睏了，歪著頭，快跌到車外。我用鐵架上半丈長的伸縮皮帶，把四個人緊緊綁成一團。我不斷給坐在最後的大弟籌碼，如果他不睡，明天教他騎機車。他一路心情好得很，而我的腰快被他抓壞了。

真正困擾我的不是睡意，而是刮眼的車燈，在過了一座鄉鎮後，那些車燈好像有預謀似的不見了，眼前出現純粹的黑夜，荒涼恐怖。不久，我才搞清楚走錯路了，騎上河床邊的道路，被石頭顛簸得血液都冒氣泡了。我繼續往前，因為前方數百公尺處有幾盞燈，那裡人影晃著，我去問路。忽然間，那幾盞燈滅了，在黑夜裡消失。我還沒釐清狀況，已經有個人從土堆跳出來，擋住去路。有人拿棍子插入車輪鋼條，有人拔掉鑰匙、熄去大燈，有人則負責說話：「看到鬼了，攏是小朋友呢！」

然後，一盞手電筒亮了，往我們身上又照了幾回，又往車後方的遙遠處檢查有無跟蹤者。最後，這盞燈照著自己的臉，從下巴往上照，鬼魅的翻白眼，咧開嘴笑時檳榔汁還流出來，用閩南語說：「小朋友，妳要死去叨位？」

安靜不了多久的，妹妹瞬間哭了，接著小弟也是，大弟抓痛了我的腰。我嚇得按喇叭。喇叭發出尖銳鳴叫。這是爸爸教過我的，即使車子被拔掉鑰匙，喇叭仍有警示作用。

那群人嚇得跳開，用最粗魯的話開罵，有人跳腳，有人作勢拿刀砍，直到有人用刀割斷喇叭電路，四周才安靜下來，流水聲頓時清晰起來。大家不再謾罵了，轉頭看著不遠處坐在石頭上的人。那個人，我猜是帶頭的。他甩開打火機蓋子，點起火，臉湊上去點菸。忽然，其他人的臉也亮了一下，各自點起菸，而且找地方坐下。

「要去哪？」帶頭的人用閩南語問話。

「大仔（老大）講話，妳聽有沒？」一旁的人附和，有人還拿出刀子，在石頭上反覆摩擦，發出刺耳聲響。

「不要再磨了，我招了。」我大聲喊。

這讓黑暗中的人笑起來，場面有些失控。這是實話，我對鐵器與石頭摩擦的粗糙聲沒有抵抗力，腦袋比插上刀子還痛。接下來，我把行程的企圖與目的，一五一十昭告出來。

那些笑個不停的人終於停下了，邊聽我說、邊悶著頭抽菸。我說完後幾分鐘，沒有人應承。這時我覺得，他們吸菸不是為了放鬆，而是需要小小的火光陪伴，因為我聽到在黑夜中傳出寂寞的哭聲，流水聲也掩蓋不去。

「大仔，是要剁死，還是怎樣？」有人說。

過了好久，帶頭的說話了：「推上奈河橋，送去地獄。」

「大仔，你英明，媠啦（漂亮啦），我就愛你這味。」那些暗處的嘍囉群起歡呼，彼此拿刀擊打，撞出的光渣像是仙女棒，這些薄弱的光足夠照亮他們瘋子般的舞姿。

接下來的死亡之旅，我沒得選擇了。有人解開我們的伸縮橡皮帶，有人騎走摩托車，有人把我們推向一個四周光滑的鐵皮屋，闔上大門。這地方像棺材，不是死亡，就是奇蹟的開始。我們姊弟四人沒有害怕，或許知道世界是善良的。忽然間，鐵皮屋震動了，左晃右搖，屋頂的煙囪噴出劇烈濃煙。這下明白了，我們被關在砂石車車斗。這時天快亮了，視野拉開了些，天空是藍黑色的。大弟指著排氣管上的紅旗子，那寫著「奈河橋」。我們笑了，站起來，扶著車斗往外看，底下是大安溪的激烈水流，河上兩公里處，有一座流動車燈的橋，那原本是我們該走的路。

砂石車到了對岸，下車前，大弟當著我的面在車上撒泡尿，權充紀念，臉上掛著征服的快感。下車後，又從河裡駛來另一台砂石車，有人從上頭把摩托車沿著架好的木板騎下來。我沒道謝，騎車離開。他們也沒道別，坐著兩台砂石車離開。一切都是這麼沉默，朝反方向別離。

在一段漫長的路途之後，隨之而來的是豐原市。此地對我充滿敵意，用道路製造一座迷宮。迷糊一陣後，我停在有遮蔭的公車站，向一位老先生問路。這位老先生坐在藤椅上，身體陷在裡頭好像起不來。許久，他才睜開眼。我這才知道他睜不睜眼都無所謂，他是瞎子，活動範圍只有一張藤椅，別想從他嘴裡迸出個方向。不過呢！我錯了，他雖瞎，但熱忱不瞎，用閩南語說了一大串的話。那是屬於老人的孤單症頭，只要抓到機會，什麼阿狗阿貓的事都抖得出來。

我得走了，左腳踩入檔。

這時，老人拍拍藤椅的手把，大喊：「去找『阿財』，阿財會幫妳。」

阿財是誰？我在想時，老人揮著枴杖，提高嗓門喊：「來，『黑肉丸』快去帶路。」

一隻黑狗從藤椅下竄出，一個勁的往前跑。這哪是送客，簡直是逃家。牠跑了一段，回頭對我吠。我加油門追去，一路跟。這隻「報馬仔」的效率不好，邊跑邊跟我們玩，兜了幾個圈，我才離開豐原市。這時黑狗累了，落在車子後，但不失毅力的跟來模樣，打動了大弟想把牠收留當寵物。

「沒有車位了，人都快坐不下了。」我說。

「我可以騰出位置，拜託妳，姊。」他哀求說，屁股往鐵條的運貨板後方挪去。

「你再往後移，重心會不穩的。」我大喊。

突然間，車子晃了一下。我往後看，大弟以手扣住黑狗的腋下，將牠撈上置物箱。黑狗窩在那，探出頭，吐舌頭，在風中瞇眼，瞥你一眼後直視前方，非常自在，一副你拿牠沒轍的表情。

別看這條狗欠揍的模樣，能力倒挺強的。進入台中市時，牠跳下車，引領我往眷村迷宮、防汛道路、違章建築鑽，甚至繞路到充滿鷺鷥、水牛與陽光的田間小徑，令我搞不清楚牠「迂迴」的目的。說實在，我數次想掉頭走，往大馬路去較快，懶得打轉了。不過，改變這想法的是，當我望著眼前的台中市天際線時，高高低低，像一座灰色山脈。我想起那位老婆婆說的，路途上，一定會有股力量帶我「逢山開路，遇水架橋」，我昨晚才乘砂石車渡大安溪，那是移動的橋。接下來，台中市是一座山，而黑狗會幫我「開路」。我相信黑狗，牠或許是土地公的化身。

然而，牠為何要繞路？或許，上天自有安排。

之後，黑狗往屋宅密集的地方跑，越靠近市區，路也越曲折。要是我跟不上，牠會停下來等，帶著神祕眼神。在某段騎樓下，我跟丟了，弟妹難以理解那隻一路像腳底口香糖刮也刮不去的黑狗，竟然不見了。他們把矛頭對著我，認為是我騎車技術不好，根本走錯路。我停車，把附近搜了一頓，也注意廊柱下有沒有狗尿痕跡，果真沒了影。大弟一句長、一句短的喊「黑肉丸」，小弟與妹妹則蹲在騎樓下，一臉疲憊與飢餓。

忽然間，我知道黑狗消失的原因，那是阿財就在這。我敞開喉嚨，對整條街大喊：「阿財，阿財出來吧！」弟妹們也醒神了，跟著我大喊。整條街都是有關阿財的回音。

不久，一個年約二十歲的小夥子，身穿汗衫，肩上披著毛巾，從另一條巷子跑出來，站在街尾看我。他跑得很急，心口像塞了魚那樣跳。我又叫了他的綽號。他走過來，定定看著我，臉上走滿了汗水。

「你認識黑肉丸嗎？一條黑狗，頭上有塊白色毛。他的主人是瞎子，住在豐原。」我問。

「你要想清楚喔！」大弟加強語氣。

小夥子愣著，之後搖頭，越搖越猛，說：「我老家不在豐原，在三寮坑。」

「那你家三寮坑的公車站，有個瞎眼的老人吧！」大弟追問。

「不懂你在說什麼，三寮坑在苗栗深山，我是出來『吃頭路』（工作）。」

（豬肉嫂說到這，她的兩位孫子大、小王子第三度跳起來，大喊：「阿財就是我阿公呀！他後來追到寶山，把我阿婆『拐』到三寮坑的。」）

（「你們兩個，給我安靜，讓我說下去。」豬肉嫂說。）

「你叫阿財？」我說。

阿財猛力點頭，說：「沒錯。可是，我不認識你們。」

「帶我們去省立醫院，趁現在。」我很乾脆，口氣像是命令。

阿財猛點頭，傻憨的微笑，等他知道我是騎摩托車時，又搖起頭，板起嚴肅的臉說：「再等一下，現在『白帽仔』在路口抓很兇，妳一看就是沒駕照。」白帽仔指的是警察，特徵是戴白殼帽，穿卡其制服。

阿財要我們先用午餐。我從後車箱拿出昨晚的飯糰，分些給弟妹，蹲在騎樓下啃。飯糰裡頭包的不是酸梅，是蘿蔔乾，吃得滿嘴響，肚子裡卻乾澀得快絞出火花。我一路騎，累了，牙齒也懶得嚼，把飯糰吞下，頭沾在牆邊就冒出鼾聲了。

過了不久，我醒來，阿財就在旁邊，是他用腳踢醒我，遞來一個竹片便當，之後跑走了，我如何叫也叫不回。我打開看，裡頭有滷肉、荷包蛋、醃蘿蔔片、一撮青菜，下層鋪著又厚又白的飯。弟妹湊過頭，抓了飯菜就吃，一陣亂之後便當就沒了。意猶未盡的大弟用牙齒刮下便當邊上的飯粒，還使拐子，不讓人闖入他的就食空間。妹妹氣得扒著他的頭髮，而小弟大哭。

終止這場混亂的是阿財。他又從街頭跑來，喘著氣跳上機車，踩動引擎。這嚇壞我，以為他要搶走車。可是車子發動後，他跳下車，要我們上路。他把我推上機車，又把弟妹抱上去，說：「中午十二點到一點，全部的白殼仔回去警局吃飯，這時候過街最好。」

他跑了步，回頭對我揮手，「我掩護妳，不要跟丟。」

掩護我，好不自量力的口氣呀！我騎車，他跑步，除非他的影子豎起來才夠掩護我。轉過了街角，他跳上一台鐵牛車。車上載滿了畚箕、扁擔、掃把、雞毛撢子，胖墩墩的，正午的陽光下還能把滿車照出一大攤影子。這下我認了，他的自豪是有恃無恐的。除了他那台鐵牛車，另有七輛車也要過街。

這七輛鐵牛車分別載了穀物、木炭、木材、石材等，模樣挺肥的，鐵牛車齊一發動後，貨物跟著顫動。阿財對我招手，吩咐我靠近車邊，但別貼近，免得捲進車底盤，阿財說到這用鄭重的語氣說：「妳騎車技術好嗎？乾脆這樣，摩托車綁在我車斗上，你們坐我的車好了。」

「我看你開的大鐵胖子，又肥又老又笨，我們拖它走好了。」大弟毫不客氣地反駁，妹妹與小弟也加入戰局。

阿財聳聳肩，「那就跟緊點，別跟丟了。」

八台鐵牛車開動，排氣管抖動，響著巨大的引擎聲。我夾在車陣中，引擎聲除了揪人的心臟，更戳痛耳膜。別以為這樣就行了，車陣每拐個彎、勾出街角，便有幾台鐵牛車加入，來到四線馬路，已經有三十幾台鐵牛車伴行。在濃得快掉渣的廢煙裡，每台車像馬達燒焦的絞肉機，快把我吸進去了。煙塵也惹得我冒淚，無法抽手抹去，只好靠嘴巴臭罵這群烏賊。

弟妹大概暈了，腦袋充滿想像，他們對著四周的鐵牛車大喊，你看，那是犀牛、那是河馬、那是斑馬、那是長頸鹿、那是大象、那是恐龍。鐵牛車的引擎位於車頭，外露式，兩個車燈像是眼睛，多點想像力，說它什麼就是什麼。家人中只有爸爸帶我逛過動物園，弟妹因此嫉妒我，常說爸爸偏心。可是，我現在嫉妒他們，如果去過動物園，看過那些提供展覽、沒有靈魂的動物，你絕對不會把鐵牛車看成野獸群，反而是，廢五金互砸的失敗演奏會。

「抓好點，我們現在來到非洲大草原了。」我說。

「萬歲，萬歲，我們是騎在土狼上的四隻猴子。」大弟喊完，竟然驚懼無比的說：「完了，有隻豹來了。」

那隻豹穿卡其制服、戴白殼帽，正要去吃中飯，對這時滿街跑的鐵牛車習以為常，卻看到車陣中的我而兇起來。他猛吹哨子，騎車追上來，揮手要我靠邊停。

阿財趕緊揮手，要我躲在車陣中。天呀！那些鐵牛車像是深海大烏賊，把我圍在中央，低檔行進，排氣管嘶吼不止，噴出更濃更腥的黑煙。每輛的車行距離只有半公尺，把警察擋在外圈。不久，來了第二輛巡邏機車支援，警察揮動紅旗子，憤怒的要車隊停下來。但是，要幾隻豹才能夠攔下奔跑中的犀牛群？這恐怕不是勇氣問題，而是能力，於是他們只能在外頭咆哮，完全沒轍。

阿財對我招手，要我靠向他，說：「加油點，前頭五百公尺有個紅綠燈，往那左轉，沿小巷子走就行了。」

「可是警察會跟來。」

「讓自己變得有勇氣，而不只是害怕，警察會離開的。」阿財說完，對我揮手告別，他方向盤一打，往右邊去，空下的缺由後方的鐵牛車遞上。我很快從後照鏡中看到一切：阿財拿刀砍斷車斗上的繩索，滿車的貨物往外跳，把後方追來的兩輛警車擋下。我那將來的老公成功了。

在一段小旅途後，我和這群烏賊告別了，鑽入小巷，最後找到省立醫院，見到了爸爸。抱歉，每次我回想到這都充滿不捨，總是淚流滿面。我的爸爸，他躺在靠窗病床，很瘦，肌肉像是是泡水饅頭就要鬆落，剩下骨頭撐出來。為了促進氣氛，來了場家庭才藝表演，我們照旅途上分配好的進行，大弟吹口哨，小妹在日曆背面畫上《科學小飛俠》裡頭的惡魔黨頭目，意謂爸爸怎麼打也打不死，小弟則唱〈榕樹下〉。

「小歌王，快唱〈路邊一棵榕樹下〉。」我推著小弟的肩說。

「路邊……一……棵榕……樹下，是我……懷……念的……地方……」小弟唱著，忽然放聲大哭。

我們明言在先，千萬別在爸爸的病房哭，可是小弟哭不停，我賞他一個耳光，說：

「不要哭，唱呀！」

忽然間，媽媽也搧我個巴掌。她情緒爆發了，數落我載弟妹來台中是多麼冒險的行徑，哪有資格教訓小弟。始終躺在床上的爸爸要媽媽別罵了，他話說得氣力不夠，現場氣氛過了好久才緩和下來。爸爸訓斥媽媽，之後要她去買月餅。我縮在牆角掉淚，弟妹們嚇得低頭。媽媽買來了三粒綠豆椪與一顆柚子，綠豆椪不好切，捏碎了盛在日曆上，大家抓了吃，爸爸還特地殺柚子。到了傍晚，全家看著皎亮的月亮橫過大窗口，月圓人團圓，大家勉強歡笑，可是心中各自沉默。台中市給我寒涼的感覺，因為我始終坐在角落沒說話，抗議媽媽，就在那睡到天亮。

隔天，大家打包好物品回家，人員與物品塞上舅舅借來的汽車。爸爸坐輪椅到門口時，看到那台欄杆下的歐多拜。媽媽堅持不能把機車騎回新竹，事後由舅舅託運。可是，爸爸認為它是一家人，堅持帶它走，他多吃了兩顆嗎啡，從輪椅發抖的撐起身，像爬高牆一樣爬上機車。媽媽的反對在爸爸發一頓脾氣後，順從了。於是，我有了新任務，載爸爸回家。我用後座鐵架上的伸縮皮帶，把爸爸和我的緊緊纏在一起，上路了。

台中到新竹有多遠？一百公里？不止，更遠。即使再遠，每個路人都願意幫你。爸爸坐後座，閉上眼休息，他沒有看到我拉風騎車，因為他也參與這趟偉大旅程，而且我的海王子像情人抱緊我，就像那天早上他載我去圓山動物園的路上我緊緊抱他。他說，要擁有這台歐多拜，得學會召喚它靈魂的術語。之後，他教我學術語。

這些術語摻雜日語和英語，很難記，但足夠在回家路上學會。爸爸說，離合器叫苦拉計（clutch），車龍頭叫寒多路（handle），進門氣閥叫Q鈕（valve），變速箱叫米巷（transmission），輪胎叫太亞（tire），輪圈鋼絲叫外亞（wire），後照鏡叫巴顧米亞（back mirror），煞車皮叫來令（lining），保險桿叫班馬（bumper），避震器叫苦巷（suspension），培林叫梅阿令固（bearing），開關叫斯威計（switch）……而它的名字是：歐——多——拜（motorbike）。

（豬肉嫂說完了，她的兩位孫子第十八度跳起來，大喊：「阿婆，妳是我的偶像呀！妳是超級賽亞人。」）

（「可是，我老是想起我爸爸呀！」豬肉嫂淚流滿面了。）

第九個故事

醜不拉雞

我說的故事沒什麼大不了，但滿有趣的。你們應該還記得我吳家門前有個小土堆，在「鐵頭師」打鐵店（這家店早就停業了）的水圳旁，疊了幾個石頭，其中有塊石頭刻了字，沒注意看，還真難發現。這幾個字是墓誌銘，寫著：

「有意外的才叫生命。」

這意外，指的是我家那隻「醜不拉雞」。

不過得先從醜不拉雞的媽媽說起。這隻母雞屁股大，凡是往圓滾滾的東西孵去，管他是鐵是屎，沒多久，保證有一群吃了鐵牛運功散的小雞踹破殼出來。照這功夫，有不少人把蛋拿來孵。有一回，我蹲在旁邊算牠孵出幾隻雞，算到第十隻，竟然是隻條紋怪雞，說不上哪壞，就是有點怪。到第十天，我進雞寮看，嚇得大叫。牠長成了醜不拉雞。

牠的醜是三合一：少年禿、顏面傷殘、突變。照老說法，是牠媽媽沒把屁股蹲緊，給外頭劑量過強的閃電照殘了。當我被牠嚇著時，牠走到養雞燈底下，用睥睨、輕視與挑釁的眼神頂我，好像是說，我就這樣，不然怎樣？

我邊跑邊撞倒不少東西，跑向爐邊用鐵鋏撥火的阿婆，說：「雞寶裡有隻鬼呀！好醜。」

阿婆從爐灶夾了根柴火，想燙死牠。她走向雞寮，往那片黃茸茸的小雞群看去，果真有隻帶衰的醜雞。

「燙死牠，牠是鬼。」我大喊。

阿婆把帶火的長鋏往前戳，小雞們散了，唯獨醜不拉雞站著受死。阿婆把火鋏停在牠頭頂。火焰甩來甩去，牠不怕死的在那看。忽然間，木柴燒裂，火花激烈的撒在牠身上。醜不拉雞醒了，揮動毛都沒有長齊的翅膀，蹬起來，用啄子攻擊火焰，跳擊了好幾回。

「燙死牠，牠是鬼。」我又大喊。

「牠不是鬼，鬼怕火。」阿婆把木柴踩熄，又說：「牠是鷂婆（鷲）與雞交配的後代，才敢啄火。鷂婆的本領是越飛越高，要啄太陽。」

「不要殺牠。」我大喊，因為我知道這個故事。從前有一隻醜小鴨，後來變成了天鵝。現在，我家有隻醜不拉雞，將來要變老鷹。我把牠從火坑救回來，抱在懷裡，免不了受牠生猛的亂啄。我原諒牠，因為牠日後會成為英雄。此後，我把醜不拉雞當老爺服侍，供好吃的。蚯蚓的泥腸先剔除，蚱蜢的硬腿梗先摘除。牠吃光光，不給同伴。

我同學知道我養了小老鷹，說我發了。他們知道有一種老鷹能站在主人戴牛皮套的手臂上，呼啦一喝，老鷹就出門去幹活。不久，老鷹嘴上叼隻兔子，兩腳抓著竹雞，用頭頂開門進來，訓練得更好的，甚至連竹雞腸都先掏好。我同學好羨慕，也抓了一堆小蟲給醜不拉雞，盼牠將來打賞雞腸子就好。

一個月後，醜不拉雞更殘了，得了鬼剃頭，頭皮光禿禿。有位同學忍不住大吼：

「哇，癩痢頭，他是朱元璋轉世，卡到陰。」

「媽呀！是禿鷹，只會叼大便回來。」另一位同學說。

這隻雞是失敗中的失敗，越大越嚇人，紅雞冠掉到喉嚨，鼻囊像是長條狀的鼻涕垂在喙尖，頭上長疣瘤。要是半夜撞見牠，除了鬼，別無聯想。然而，牠是成功的看門狗，常留連家門口，有人靠近便伸長脖子呼嚕嚕叫三聲。牠多次擊退想偷東西吃的野貓，只要露臉，野貓便嚇得凍在原地任牠啄。牠曾經與空中來襲、偷小雞的大冠鷲幹過架，緊咬鷲的腳不放，被帶到半空中。目擊者膨脝，說牠強暴了大冠鷲。牠的頭號敵人是郵差，見人就啄。郵差氣得臉都比衣服還綠，在機車邊放了一根打狗棒。

醜不拉雞的身分首次揭露，是我小五時，約民國七十四年左右，學校辦了「寵物展」。寵物的意思很難解釋，簡單說就是把畜生當人養，或者說，家中有哪種動物吃飽睡、睡飽吃，不用幹活。寵物展只辦了一屆，因為情況很糟，來了上百隻雞鴨鵝，二十頭牛，十頭羊。有人帶了阿婆來，在校門口把關的老師說人不算是寵物。那位阿婆哭了起來，說自己上半輩子苦得像畜生，現在才能躺著幹，她如果不是寵物，是廢物呀！

我的寵物是醜不拉雞。我把牠關在小鐵籠，用工地那種怪手挖勺狀的單輪推車送，押解到校。說押解人犯不誇張，我阿公右手拿了一把菜刀，左手拿了磨刀石，邊走邊磨。他見到雜草，試了刀鋒，見到大石便刷兩響。他是屠夫，今天要當著大家的面把醜不拉雞殺了。

學校亂極了，管學生已經夠老師煩了，還要管畜生。從校長室到司令台沒有一處不沾屎的，牠們到處叫，到處拉，當動物就要解放校園的最高潮時，阿公拎了醜不拉雞，綳緊骨頭，爬上司令台，把講台當砧板，向學生示範如何宰了「家醜」。

「牠讓我丟臉，太醜了。」阿公扣著雞翅膀大吼。

「沒錯。」站在旁邊的我回應。

「牠老是站在屋頂，比我還大條。」阿公又說。

「沒錯。」我說。

「牠啄郵差的，也啄大家的『小雞雞』。」

「沒錯。牠很夭壽。」十幾位男學生回應了，大喊：「殺了牠，殺了牠，殺了牠。」

面對千夫所指，醜不拉雞不理會，用睥睨、無懼與不屑的眼神回應，把指控拋在腦後。接著，我一手扣著雞翅膀，一手抓住雞腳。阿公則抓住雞脖子，把雞皮往後勒，朝緊綳出來的血管與氣管割去，雞流出血來，氣管斷裂，醜不拉雞死翹翹了。

校長氣呼呼的跑上台，尖銳大喊：「怎麼可以殺寵物，寵物要好好疼、好好愛的，就像學生要……」

「……殺了，最好的方法，再燒一鍋熱水燙毛。」阿公說。

「太誇張了。」校長氣呼呼，顫抖說：「司令台上怎麼可以殺雞，國父遺像會哭的。」

「牠是醜不拉雞，也是鬼的化身。」我說。

「牠不醜，本來就長這樣的，牠是火雞。」自然老師走上講台，解釋了那隻雞的身世。可是來不及了，牠躺在那，眼睛半闔，血泊漫了開來。現場除了動物們撕咬、放屁與貝多芬交響樂曲似的交配聲之外，沒人吭聲。

自然老師來場機會教育，告訴我們對待生命的道理，她說：某個由雞所組成的國度，其中有間國小叫「螢橋」國小。學校裡的小雞很快樂，安分讀書，有時也會調皮搗蛋。有一天，牠們在教室做美勞時，有隻「瘋雞」往教室衝，把提在桶子裡的硫酸潑出去。剎那間，教室變成煉獄，小雞們衣服融化，皮膚爛掉，發出稚嫩的哀號。多虧有隻勇敢的小雞在「瘋雞」潑硫酸時，跳去擋，減少同學的傷害。這隻小雞頭皮融化，頭髮掉光，眼睛瞎了，牠英勇的行為就像從大火叢中救出自己的同伴，所以，大家叫牠和牠勇敢的小雞們為「火雞」。

老師說到此，不講了。我們卻知道之後的事：「瘋雞」沒有逃離現場，拿刀往自己砍砍砍，戳戳戳，鮮血直噴，直到死亡。教室裡的小雞們在驚駭的硫酸腐蝕之下，又見到自殺場面，嚇壞了。這件事不假，是社會事件。我想是自然老師拿當時的社會事件——台北螢橋國小的潑硫酸事件為版本，作為生命教育。全校的學生相信了，世界的某個角落有隻小雞站弓箭步，臉孔扭曲，展開翅膀擋下災難。而牠，沒錯，如今轉世，站在眼前的司令台。

「那隻雞會得雞鐸獎，最後反攻大陸。」有學生說。

「師鐸獎是給老師的，牠會得童子雞獎。」有人反駁。

現在全校都知道敵人是誰了，我也是，瞧著阿公看。阿公拿著菜刀，示意他出於無奈，安靜離開，卻不小心踩到了醜不拉雞的屍體。這隻火雞幾乎以浴火重生的姿態跳了起來，瞪著阿公。那一幕令人震撼，火雞的脖子被刀子豁開了，仍活著、怒著，努力挺著頭，用喉間斷裂的氣管呼吸。

「不對，牠是釋迦牟尼雞，殺不死，頭上還有很多凸凸的疣。」一位女孩大聲喊。

「錯了，牠是一隻禿鷹，要飛了。」有人大吼。

全校安靜下來，看著講台上的火雞展翅。牠拍幾下翅膀，幾乎飛起來，羽毛沾染的鮮血灑開。好多人的臉上都噴到血，感到那溫度不輕，是有生命的重量，像刀割。是的，牠復活了。

牠活得好好的，呼吸不在鼻子，是走喉嚨這條捷徑。鄉公所獸醫用一種不鏽鋼的小圓環，嵌入牠的喉頭刀口。圓環類似口哨糖，醜不拉雞呼吸間，發出咻咻聲。牠戴上斗笠，雨水不會順著頸子流入喉間小孔而嗆死。況且牠死過一回，贏得生路，沒人再殺牠。

牠有時站在屋頂，伸脖子，喉嚨發出咻咻聲；有時在曬穀場盤桓，一腳一腳慢慢伸，像孤獨僧侶。可能是阿公下刀時歪了，醜不拉雞的脖子向右跛，樣子挺怪。有一回，阿婆拿了長鋏，趁牠發呆時，悄悄把牠脖子撥正。

醜不拉雞嚇著了，多年的憤怒在此時爆炸。牠擺開翅膀，撲向阿婆。可憐的阿婆摀上眼睛，用手上的鐵鋏亂揮，慢慢退到牆角，跌進醃鹹菜的大甕，任憑畜生踐踏。等阿婆爬出來，除了一身腥濕味道，眼前已空無一物。醜不拉雞不在場了，只留下又髒又亂的械鬥痕跡，和春陽流動的曬穀場。

醜不拉雞離家了，不如說，牠去旅行，範圍隨著年紀越來越大。無論晴雨或烈日，牠奮力張揚生命力與毅力的方式，就是戴小斗笠一步步走，安安穩穩的探勘三寮坑。更多時候，牠總是站在某個顯見的高地，像是橋頭、公車站牌、學校圍牆，寧靜的冷觑世界。只有三節的時候，醜不拉雞才會回家，站立在多風的屋頂，睥睨全村。

火雞一年，牠脖子挨一刀，活下來。

火雞二年，展開漫長旅行，頭戴小斗笠，像孤獨僧侶。

火雞三年，牠闖入廟會的大雞比賽會場，走過又肥又欠宰的閹雞群，撒個眼色，跳上神桌，蹲在關聖帝君的肩頭，讓香客不知道要拜祂，還是牠。

火雞四年，牠越過三座山，帶回無數的小妾，有雉雞、番鴨、烏骨雞、孔雀和麻雀，以及一群普通樣式的母雞。這次牠待在家最久，約一禮拜，因房事搞不定再度逃家，留下矮胖不一的妻妾自相殘殺。

火雞五年，全村冒出好多小火雞，分別以醜不拉雞一號、二號……命名。

火雞六年，牠當選消防隊的吉祥寵物，喉嚨綁上紅蝴蝶結。半年後，消防隊員票選牠是惡靈。凡是牠出現的火場，火越來越旺。

火雞七年，阿公過身。火雞回家，在送葬棺木前引領，對下葬的棺木刨了幾把土。據猜測，牠感謝阿公那一刀，讓牠不再挨刀。

火雞八年，牠也過身了。

發現醜不拉雞過世的是賣藥郎。賣藥郎騎車在幾個鄉鎮兜，豪誇他的機車騎了二十幾年，車輪沒破過，每天在油缸放半顆補腎丸就乒乓叫。他又說，醜不拉雞能妻妾成群，是他賞了補腎丸。火雞八年，他騎車經過我家時，機車第一次爆胎了，人坐在路邊發呆，發現醜不拉雞在我家屋頂。牠那樣站已經好幾天了，賣藥郎爬近也沒反應。牠的斗笠破了，尖喙長苔，鼻孔冒出草苗，眼睛半闔，但是羽毛仍然散發彩光，屹立得像風向雞。

賣藥郎摘下牠的斗笠，磕個頭，說：「師父涅槃了。」

對了，補充一下，還有件事值得一提：醜不拉雞的旅程最遠到達台北，那是在火雞六年。

旅行那天，我幫牠洗了硫磺水，腋下刷幾次，爪子剔淨，身子晾乾後在頸子束上「啾啾」（蝴蝶結），牠頓時闊氣不少。很幸運的，這趟旅程坐專車。

駕駛是阿文叔。他看了那紅豔的領結，說：「牠真靚，是一隻王子呢！」摸牠一把時，醜不拉雞卻像潑婦般啄回去。

車子駛過山路，上了高速公路，到了台北。我們原本要在民生東路的某家速食店用餐，人潮太多，只能外帶擠在車上吃。餐點是中間夾肉的輪胎麵包與黃澄澄的番薯籤，說不出的味道，路過的小孩都指著麥當勞的M字招牌，說他下次還要去奶罩店吃。醜不拉雞也有一份，老樣子，吃相邋遢，還喝可樂。飯後我們開車到醫院，提著裝雞用的紙箱瞞過護理站人員，來到病房。

眼前躺在床上的是阿文叔生重病的老父。他雙眼微闔，意識朦朧，卻因每隔兩小時用機器抽痰，搞得自己像警報器哀號。我不知道他生什麼病，被瞄一眼就完的那種吧！這時候，抽痰機運作了，老人醒來和它搏鬥。抽痰器停了，老人的痛苦卻沒有停下來，並且睜大眼，看見床尾怪異的一幕：一隻醜雞站在那邊的欄杆，瞪著人，喉間咻咻響。

阿文叔不過是藉牠向自己的爸爸示範，如果老父像醜不拉雞一樣在喉間開個叫「氣切」的小孔，從那呼吸與抽痰，能活得好好的，也減少痛苦。

「啊！鷂婆（鷲）。」老人顫抖說。

說牠是，牠就是了。醜不拉雞振動翅膀，羽毛一波波豎立，強風掀動布簾與任何輕飄的東西，這時候，病房像吸入洗衣機狂攪的失控場面。最後，牠飛了起來，以多年來牠一直奮鬥爭取的老鷹地位，飛起來了。

第十個故事

夏天，帶著野豬去遠足

我搬離三寮坑有好多年了，現在住台中，標準的都市人，今年恰好帶家人來踏青，得知「麵線婆」過身了，便來上香弔唁。住在大都市，其實還滿忙的，每天追著錢跑，於是懷念起往日在三寮坑時追著陽光跑的歲月。雖然這裡改變很多，不再是記憶中的淳樸自然，但還是挺令人懷念的。

好啦！我不多說了，趕快講故事，雖然大家知道我要講什麼了。可是，這次我會講得更清楚。

各位知道，傳說等同鬼話連篇，對從小聽到的人來說，竟然成了人生的重要資產。擁有這項無價資產的是我們家的「屘叔」——輩分最小的叔叔，也通常最受長輩關照——沒錯，屘叔受到曾祖父的疼愛，到達令人費解的地步。於是，曾祖父過身前，將「會走的山豬桌」當傳家之寶送給了屘叔。

「山豬桌」要怎麼走，讓我繼續講下去吧！

話說在炎熱夏季，天空無雲，空氣熱騰騰。一家人跪在田中拔草，把稗草之類的雜草拔起來，插入土中。大家的背晾在驕陽下，冒著蜃影，可以聽到血液熱得咕嚕咕嚕叫。這時候，家裡傳來巨響，阿公先跑去瞧，看見那張「山豬桌」翻身了，躺在地上。牠距離上次發作已經有十八年了。

阿公用震破喉嚨的吼聲，說：「完了，牠復活了。」之後，每個人跑回家，也嚷著「牠又中邪了」、「牠們作亂了」、「妖魔降臨了」。尤其是阿公，他用沾滿泥巴的手拍頭，臉上淌滿惡魔般顏料的表情，說：「噩夢又來了，怎麼辦？」

「好啦！我知道怎麼辦。」最慢進來的瘂叔說話了。

瘂叔說完，噤口不語，接下來他成了大家的目光焦點。瘂叔才退伍，一身鐵骨，一張皮快裹不住緊實的肌肉。他把「山豬桌」翻回來，坐上去吃飯，配半顆鹹鴨蛋，喝壺水。吃飽，他把桌子又掀翻了，疊上去四張板凳，扯下那段連接在牆角的鐵鍊。鍊子鏽蝕，沒有想像的牢固。

瘂叔夯（抬）了桌，說：「我走了，把這張桌子夯去散步了。」說罷，人已走到百公尺外。

夯桌是早期的民間習俗，各家婚喪得辦桌，向附近夥房借桌子。當時多為四方桌，配四條板凳，夯桌時，桌子打側放，四條板凳技巧的疊上那翹起的兩條桌腿，一人肩上一套桌椅，巧勁夯就行了，兩人抬是鬧笑話。所以，瘂叔獨自扛著一桌四椅，沒什麼難處呢！

對了，瘂叔還有個小跟班，正是在下。我拿袋子，丟進幾個蘿蔔絲菜包，腳底冒了兩泡煙似的跟去。

瓩叔走了一公里，關節痠痛，想休息一下。這時候來了一輛巴士，他趕緊攔下。

司機笑說：「拜託，你能上車，就上來吧！」

瓩叔跳上車，一腳踩穩車踏板，一腳勾著鐵杆，斜身把那套桌椅堵在車門外頭去。

「我知道那張桌子，牠會跑。」說話的乘客是「火囪婆」。這綽號是她冬天向來提著取暖用的小提籠「火囪」聞名。現在是夏天，她一手提隻公雞，另一手牽八歲的孫子。

「我記得牠上次跑走，距今有十八年了吧！」火囪婆補上一句。

「沒有錯呀！這張桌子會跑。」我故意大聲說，讓乘客往這瞧，連司機也眼神飄忽，方向盤捉得鬆，車子有點晃。

「好啦！別賣關子，說來聽聽。」有人回應。

於是，我在公車上講曾祖父的故事。話說呀！我的曾祖父，在泰安鄉龍騰部落一帶擔任伐木工，從這山溜到那山，生活了幾年。森林呀！樹木會在寒冷的夜裡輕微顫抖，又在溫暖的陽光下呼吸，曾祖父周遊其中，很寂寞。有好幾次，他看見一隻發著綠光的山豬跑過去，忽溜間又不見了。綠光山豬，一點也不假，光芒像毛玻璃裡的燈泡，多麼迷人。有次，曾祖父耐不住性子，追下去，他說要是給魍神——山林裡會勾人魂魄的鬼魅——騙一次也不吃虧。他追過好幾座山，追遠了，遠到詭霧森森的，最後呢！山豬跑進了一株台灣櫸木。那是好樹，樹葉泛光，樹幹在風裡招搖。曾祖父犯了錯誤，他用鋸子放倒那棵樹，只因為它是美麗的樹木，帶回家去，請了木匠雕成桌子。

誰知道，木匠費了一番工夫，卻雕出怪桌子。這張桌子就是各位眼前的樣子，桌盤像脊背，有點小小拱著，年輪像紮實的肌肉，桌腿不直，倒是強壯。說穿了，牠像野豬。

不過，當時的曾祖父卻驚喜的說，「這樣才對呀！那棵樹裡頭本來就關了一隻發綠光的山豬，現在，是木匠師傅把牠放出來了。」最後，他給了木匠一大筆工資。木匠歡喜，笑到眼裡了。

「我要下車了。」屘叔這時候下了命令，向最近的車掌小姐說。

不過呢！車掌小姐的眼睛骨碌轉，快磨出火花了，始終沒離開屘叔肌肉發達的身體，她忘了要司機停車。

「到站啦！」屘叔大喊。巴士停了，屘叔一個蹦，從車門奔向馬路，夯走如風。

「各位，我得走了。」我向乘客告辭。

「可是，你故事沒講完。」有人抱怨。

「那不是我的問題，是你們的問題。」

這下子，有兩位乘客跟下車，想了解「會走的山豬桌」是怎麼回事。姑且為這兩位乘客取綽號，名為「三寮坑一號」、「三寮坑二號」。我們跟著瘂叔跑，不過晃眼間，跑出了村莊，來到溪谷。那些西瓜般大小的石頭在陽光下迸光，溪水像吹著口哨般呼嘯離去。這時候，瘂叔把桌子擺在溪中，要我幫桌子洗去灰塵與蜘蛛絲。而他呢！鬧肚子疼，夾緊屁股，躲到樹林去大解。

我、「三寮坑一號」與「三寮坑二號」把溪水潑了，用力抹乾淨桌子，三個人各坐一條板凳休息，腳躲入冰涼溪水。這時，「三寮坑三號」來了。好啦！我得說明，這趟遠足越來越多人加入，為了省下力氣記得他們的名字與特徵，用代號最方便。

「三寮坑三號」跌跌撞撞跑來，驚訝說：「我聽說這隻桌子會跑，我追了好久，原來跑到這。」

「是的，牠現在停這喝水，順便洗澡。」三寮坑一號說。

三寮坑三號摸了桌底，用嘴巴舔，大喊：「桌子的汗水是鹹的，牠果然是會跑。」那是瘂叔脊背頂上去時留下的汗水，我恰巧沒洗到，卻滿足了三寮坑三號的驚喜。

「那是真的，我們也是追牠追了好久，才用屁股把桌子鎮壓在這。」三寮坑二號大言不慚，好像真有這回事。

三寮坑三號大力握拳頭，跺著河水，表達自己來晚了。他要求我說出「山豬桌」會跑的典故，眼神渴求。反正，我的舌頭早在嘴裡跳個不停，巴不得說出來炫耀。在晴空下，在樹葉釉亮的山谷間，在河水激情的桌邊，我繼續講起「山豬桌」如何移動：

話說這張「山豬桌」完工後，曾祖父也不在意，時間一晃，來到他八十三歲時，他早已經退休了。而這時候，屘叔正好滿三歲。客語說「阿婆三歲子」，指的就是老人孩子性。八十三歲的曾祖父一副蒼老的體態，長年失智與癡呆，老是分不清楚臉盆、蒼蠅拍或女人，於是，他的行格脾氣，跟三歲小孩一樣。曾祖父與屘叔，祖孫兩人差了八十歲，玩性一拍即合，每天膩在一塊。

好啦！在那天，祖孫在曬穀場把未成熟的咸豐草草莢互丟，黏得衣服都是時，一隻綠光山豬來了，帶著四隻小豬，忽溜的跑進廚房，不見了。祖孫兩人怎麼找，房內都沒個屑。

最後，曾祖父下了結論：「牠來了，我們得注意。」

「誰來了？」屘叔全然不解。

誰料到，隔天一早，桌子板凳不見了，打開後門找去，只見牠們在滿是泥濘的田裡玩。說在玩，也不盡然正確，而是說，桌子板凳原本像是五隻豬在田裡翻滾，猛然被人瞧見了，便瞬間靜止成木頭人。連續好幾天都這樣荒謬。所有的矛頭指向曾祖父，是他趁夜將桌椅放在田裡，製造假象。哎呀呀！曾祖父這時犯了錯誤，傻傻的承認那套桌椅是他搞的鬼，只要他呼嚕呼啦的喊，桌椅會奔向外頭去。

然而，三歲的屘叔知道，那桌椅裡真的住著一家子的山豬，有豬媽媽，還有四個豬小孩。於是，曾祖父帶著屘叔到田裡，教他「呼嚕呼啦的喊」，那種愚笨拙劣的呼喚，像喉嚨塞進了捕鼠器，雙腳掉入滿是蛆的棺材中。結果呢！那套桌椅真的跑掉了，隔天在稻穗與陽光輕晃的田裡，不然就是現身在墳場、山崗、廟殿，甚至趴在屋頂，停格在那，整個豬家庭在那翻肚皮，慵慵懶懶。久了，曾祖父被判定是瘋子，帶壞孫子，以鐵鏈鎖在床邊。於是，桌椅也安靜下來，再也沒有亂跑。

「後來呢？」三寮坑五號問。沒錯，在我講故事時，又多了兩個聽眾，他們逆著河流走來，表情像遇到媽祖婆一樣歡悅。

「慢慢來，先上路了。」我說。

因為，我看到屘叔從樹林走來，冒汗的額頭在陽光下發光。他沉默靦腆，放屁聲甚至多過說話聲，更不喜歡我抖那些陳年老梗。所以，我連忙把幾個三寮坑代號支開，只見屘叔蹦入溪中，掀了桌子，擺上板凳，上路了。

屘叔一路扛桌椅，我一路撒下片段的故事。說來誇張，但是這絕對真的，我們離開溪流之後，停留的地方有：屘叔不小心跌入池塘游泳，大家也跳下去。大家在竹林裡挖竹筍與蚯蚓，好給「飢餓的」桌椅吃。還爬上一株老茄苳樹，桌子像飛毯在樹上給大家傳來傳去，滿足「睡午覺而夢到自己飄在樹間」的桌椅。還有，曾經睏在野薑花味道失控的山澗，大家昏睡了十分鐘。對了，三寮坑南邊不是有個大池塘嗎？那是我們從一攤小爛泥挖出來的，真驚人，只因為那套桌椅要跳進泥坑洗澡了。

「這是模仿山豬的生活呢！」旅途上有人說。

「不對，是一隻母豬，帶著四隻小豬去遠足呀！」說話的是「三寮坑五十一號」。聽這代號就知道，這支隊伍人數很多了，因此，路途上令我感到世界失去動靜，只剩下這組龐大隊伍的碰撞聲。

之後，這支隊伍來到了原住民部落，趕上豐年祭。雙方互有認識的人，聊上幾句，原住民那邊很快知道這支是「帶著板凳山豬來慶祝的平地人」。於是，他們殺了條山豬回敬，生醃豬肉、白水煮肉、石板烤肉用臉盆裝，吃多少自取，令人的胃快滿了。

屘叔卻埋頭喝小米酒，臉膛紅得可以煎蛋了，他說：「這山地酒像糖水，比養樂多好喝呀！」

「來來來，也吃幾塊山豬肉。」原住民頭目說。

「我不吃豬肉呀！」

「你就是傳說中信回教的呀！」

「不是，因為，我的阿公最後變成山豬了。」屘叔說完，醉得趴在桌子上睡著。屘叔向來話少，被酒精一催促，這下多說了。

「你這回教，怎麼馬上成了睡懶『教』。」頭目驚訝的說：「說說看，你阿公怎麼變成山豬了。要是下次我遇到那條山豬，會跟牠握手。」

屘叔趴在桌子邊，只會咿咿哦哦的呢喃，只好靠我來說了。於是，我把故事從頭溜一遍，直到曾祖父被鍊條鎖在房間。話說曾祖父被鎖住後，桌椅再也沒跑了，家裡安靜得很。到屘叔五歲時，鎖在床邊的曾祖父智力仍維持三歲，他倒也懂得娛樂，嘻嘻哈哈的。有一天，曾祖父說，「那幾條山豬要走了。」要求屘叔半夜到他房裡解開鐵鍊。夜半，屘叔怎麼解，也解不開鐵鍊，等得不耐煩的曾祖父一把扯開鐵鍊，帶著屘叔到田裡，兩人「呼嚕呼啦的喊」。不久，有什麼在身邊打轉，夜裡好黑，屘叔看不清楚，但是他知道，那是四張板凳與一張桌子的歡樂場面。他跨上一張板凳。板凳頂著他跑，小馬似的跑了整夜。第二天，天亮了，稻田在陽光反射出刺眼顏色，他從田埂上睡醒，看到曾祖父趴在桌上，微笑死去，四周散著板凳。風吹來，彎下去的稻子讓這幅圖案更生動，彷彿就要醒來了，帶著屘叔去旅行。

「屘叔向來認為，曾祖父變成了山豬，再也沒回來了。至於那套桌椅，就用那條曾經鎖在曾祖父腳邊的鐵鍊，鎖在廚房。」我說。

「這下我懂了，而且，我也想跟著這些桌子去遠足，看牠們能走到哪？」頭目說完，把屁叔叫醒，說：「走吧！帶著桌子去旅行吧！」

屁叔滿口答應，可是身子軟得很，沒有勁能蹲下身夯起桌子，便彎著背，吩咐人幫忙。可是，關鍵在這時候，有人起了玩興，沒把桌椅放上，倒是放了一條四隻腳被縛的山豬。屁叔夯了就走。大夥笑起來，我也是。於是，整個豐年慶的群眾跟在屁叔後頭，瀟灑去旅行。群眾太多了，完全沒辦法編號，大概也有三百位。

「你看，你背後的桌子，它變成山豬了。」三寮坑N號耐不住性子，終於說出來了。

屁叔停下腳步，肩膀一斜，放下鬃毛尖銳、奶子晃動的母山豬，大喊：「阿公！你回來看我了。我就說，你是山豬，而且是條母山豬。」

可想而知，群眾是多麼快樂，他們被逗樂了，笑得眼珠快跳出來，是今夜豐年祭的高潮表演。

「可是，少了四張板凳，不對，是四隻小豬呢！」三寮坑N號又說。

屁叔愣住，無論從哪都找不到四條小豬。他慌了，喊了幾聲，趁著酒意跳起了「呼嚕呼啦的喊」，好召喚出小豬們。那是怪異又荒謬的舞蹈，腳舉得快與肩膀等高，手大力張開，嘴裡發出捕鼠器的聲音，惹得大家狂笑不已。

說來誇張，但那是真的。一隻還帶著棕色斑紋的小山豬，從群眾的腳縫鑽出來，順著母山豬打轉。群眾不再笑了，發出讚嘆，甚至流下感動的眼淚。但是，還缺三隻小豬呀！

頭目這時候跳出來，大聲說：「我一直想跟山豬媽媽握手，可是牠急著找兒子呀！各位族人、各位遠來的客家朋友，讓我們一起跳舞，幫幫豬媽媽。」頭目加入舞蹈陣容，熱情跳動，接著三百多人在黑夜裡跳著古怪的舞步，最後，像傳說中那樣又跑出三條小山豬。

瓬叔捏了山豬屁股，說：「阿公，快走，別回來了。」說罷，五隻山豬鑽過人群，往山林消失，蹄子磕在碎石子的聲音，像桌椅碰撞呀！然後，所有的人都承認，這是一趟美好又動人的遛山豬之旅呢！於是大家繼續跳舞，在奧麗的星空下，在壯美的中央山脈邊，歡迎夏天的到來。

第十一個故事

紅色大風衣

如今是守靈的第五天了，來了不少人說故事，故事有長短之別，但是笑聲與溫馨卻同樣動人。大家都知道，過身的是我阿婆，記錄故事的是我堂弟。尤其是堂弟講的〈面盆裝麵線〉，將阿公酒鬼的面貌說得細膩，其實，我很想在那時接續講下去，但是心想，當時場面熱了，禮貌性的由外人先發表故事。

現在，該我說個故事了，關於阿公在六十五歲時的糗事。這件事，我每次說給阿婆聽，她都笑岔了氣，某次還發出劇烈的乾咳，嚇壞我了。相信過身的阿婆不會拒絕我再說一遍。

事件發生在早秋時，一輛藍色的福特汽車闖進三寮坑。車子煞車器好像壞了，輪胎發燙，以蛇行方式跑。要不是油箱裝了米酒，就是駕駛在閃狙擊手，也可能兩者都是。不過，駕駛的技術好極了，滑過五個髮夾彎，在第六個彎道時，一隻雞從橋頭嚇得飛了起來，掉進車窗。這隻雞在車內飛來飛去，爪子不是猛抓方向盤，就是抓狂的啄人。車子最後衝進泥濘的稻田，駕駛大喊：「飛機終於安全著陸，我們得救了。」

這個男人——據說他是F104飛機駕駛——下了車，對耕田的牛與我阿公咆哮：「這是哪？」

「田裡。」阿公說。一旁的牛也回應了，發出呼呼的嘶鳴。

「那隻牛說什麼？」男人吼著，跟動物不高興起來。

「牠說：呼——呼——！」

「呼呼是什麼意思？」

「讓我想想，這個意思就是，」我阿公想了想，不曉得如何翻譯，說：「就是呼——呼——的意思。」

然後，牛發出「哞」的聲響，一下又發出「嗯」的聲響，有十幾分鐘，阿公認真的當起動物翻譯官，強調不過是「哞」，不然就是「嗯」。只有牛屁股擠出「噗」聲時，阿公才鬆口氣。此話不用翻譯，放屁聲是世界共通的語言，動物也是。

倒是駕駛雷霆萬鈞的痛罵：「這是『匪區』，而且你的牛是、是匪黨，牠瞧不起我，對我放屁。」男人紅著臉，嘴巴吐出酒臭。

他講完話，車裡有個披紅披風的女人開窗大罵：「進來開車撞死他們。」

男人大喊一聲：「是的，長官。」他鑽進車內開車。

那年頭要是發酒瘋的男人乖得像狗一樣，聽女人的話，可以肯定一件事，這女人是情婦。

男人踩死油門，引擎狂吼，後輪把爛泥刨得滿天都是，像是布袋戲史艷文出場時的乾冰效果。於是，就像傳說中，田裡上演了「史艷文與苦海女神龍手牽手開戰車，大戰哈麥二齒」的戲碼。誰知道，困在爛泥的戰車跑了十分鐘，還不及一隻老烏龜的筋斗遠。

這時候，哈麥二齒——牛有兩隻角，這角色歸牠了——發出呼呼的聲音，牠低頭頂了戰車，推了起來。戰車即使全速往前衝，仍向後移動，再加上後輪打滑效果，以蛇行方式「巴顧」（後退）。

這時候，苦海女神龍從車窗爬上車頂，拿著皮帶，猛抽車屁股，大聲斥喝快走。蕭颯的涼風從遠處竹林出來，掠過翠綠稻子，吹起她的紅披風，真悍呢！不出幾分鐘，她流汗了，臉上的厚妝像土石流崩潰，眼影、腮粉和眉線快糊成一鍋了。最後，女人累了，車子停了，男人跳車直喊見鬼了，撲在地上大哭：「歐吉桑，放我一馬吧！」

阿公聞聲，牽了牛，喝一聲，就把汽車頂出了田。接著，阿公把男人按在牛胯下，要牛撒尿給男人提神。女人笑彎了，用調侃與粗鄙的口氣說：「你這個爛人也愛喝尿，別老是喝酒，換口味會更健康呀！」駕駛驚醒，折腰感謝阿公。女人則解下紅色大披風贈送，親自披在阿公肩上。

「下次到清泉崗，報上我的名字。」駕駛搖上車窗前，說：「我開戰鬥機載你去美國看電影，對了，帶『牛杯杯』一起來的話，我就開運輸機。」最後車子開走，再也沒回。

這件事發生在清晨的淡霧中，應該沒多少人知道。我是見證者，當時站在田埂上。車子開走後，我跳下田找遺物，找到一雙紅色高跟鞋與皮帶。我把鞋跟敲斷了，當木屐穿。我養的那隻叫「希米」的狗，從爛泥叼出抹布，要吃掉它之前被我搶下。牠要湮滅證物是有道理的。因為，我把抹布拿回家洗得太乾淨了，它是一條鏤空牡丹花紋的紅內褲。

大戰坦克的事情，沒有照阿公的意思淡而化之。田裡那些車痕，比戰爭還可怕，也以「麥田圈之謎」的魅力吸引更多人來探究戰況。之後，阿公被迫在曬穀場成立「戰場遺跡講古大會」，在每天晚飯後，泡著茶，向那些半徑一公里內跑來的聽眾——十五個人、二十隻鴨、三十一隻雞、五台腳踏車，報告戰況。所謂的戰況，是此役還沒結束，每天在大家的嘴裡「嚎嘯」，版本不斷更新，要是講古成「薛仁貴東征大戰哈麥二齒」，更有助於笑聲。

講完古，舌頭累了，時間晚了，茶渣像小山。一群人來到客廳，把手往臉盆泡、抹肥皂，擦個乾淨，這才摸起那件掛在牆上的大紅風衣。那不愧是全村的焦點，要是摸上去沒嘆幾聲，舌頭會中風，一下子，梁柱上都纏滿了啊啊啊的回音，至於鴨子的聒聒叫聲，不列入計算。

大家都想披大紅風衣，眼神卻瞥向那條雕花的紅內褲，說：「你穿穿看，一定很『派頭』。」當然，他們巴望阿公披上一回，給大家看。

「等天寒再穿。」阿公回答了。所有嘈雜蒸發，包括我在內的每個人慢慢轉頭，看著阿公神閒氣定的看著我們。阿公又說：「不過，這是傳家之寶，我多穿一日，我孫子就少穿一日呀！」

有了這期待，日子很快流逝。過了一個月，冷天氣來了。

「天寒了，草都——枯——了。」我故意對著草喊，狗兒希米也吠著。

阿公瞥了一眼遠方，喃喃說：「等油桐落葉，天才算寒呢！」

過了幾天，我將落葉抛撒，飛飛揚揚的，對樹喊：「天時寒了，油桐——都——落——葉——了。」

阿公擼了幾下雙掌，低頭說：「水田落霜，天才寒。」

不久，休耕的田鋪上一層白晶晶的薄光，一踩就破裂。我再也忍不住了，對耕田大喊：「天時寒了，水田——你——結——霜，冷喔！」

「等天地落雪，才是天寒啦！」阿公走過田埂時說。

這一等，過年了，大家穿新衣去看戲，一片花花綠綠。穿新衣，新氣象，大家心頭更暖。阿公終年穿著老灰的操作服，衣褲關節的地方也綴滿狗皮膏藥似的補丁，他不肯穿新衣，再等下去，大風衣要埋死在灰塵底了。我蹲在茅坑，屁股邊放著炭囪爐取暖，左思右想，都想不出三寮坑要如何落雪的道理，見阿公從竹篾牆走過，影子薄薄細細的透進來，我氣得對自己屁股喊：「天時冷，屎都塞在腸子了，我屙不出咧！」

「這才是天寒了，孫仔，人是最好的溫度計。」阿公在外頭說著。

「穿大風衣去了。」我高興回應。

好了，阿公要披上大風衣。他洗把臉，抹乾雙手，一隻老泥鰍似的鑽進大風衣，穿來不費工夫，然後他拎著風衣後頭的連帽，說：「這戴著像痲衣。」說罷，換成戴上了斗笠。我呢！穿上那雙紅木屐，在客廳亂跳。至於希米呢！對那件雕花紅內褲狂吠，死也不就範。我撲過去，要把紅內褲套上去。牠屁股貼在地上，發出哀鳴，我只好把內褲套在牠頭上，只露出兩隻眼睛。希米忍辱負重的叫兩下，竟然愛上這一味了，又叫又跳，興奮得想找鏡子照照自己的騷樣。牠也許認為，套在屁股上，不如把自己的頭藏起來，當蒙面俠更威風。

大家出門逛，阿公堅持先拜會那隻大功臣的水牛，來到牛棚下。水牛見鬼了，眼前一片火紅，有紅披風、紅木屐與紅色蒙面狗亂叫，嚇得亂爬，怎麼安撫也沒用。阿公連忙掀去斗笠，喊了水牛的小名，牠才回魂。我再送上一把青草收驚，牠猛點頭，肯定是說這大風衣拉風。降服了「牛魔王」，我們走到雞寮獻寶。大風衣一到，牠們雙腳倒縮，恢復了老祖宗才會的飛翔功夫，在空中亂撞，紛紛跌在牆角猛掉羽毛。我撒出飼料，牠們猛啄，也點頭似的說這風衣太拉風了。

家裡的阿狗阿貓都降了，阿公回到客廳，腰骨一縮，褪出一襲火焰紅的大影子，掛回牆上。

我喊：「就這樣？」

「這樣了，我少穿一日，你多穿一日。」阿公說，洗手抹臉，用乾淨的手撫平大風衣岔出的小線頭。

「太好了。」我拉扯阿公的手，撒嬌說：「我以後少穿一日，現在多借你穿一日。」

「你這矮鬼精，要怎樣？」

「幫我穿上街。」

阿公點頭示好。他又是弓腰，兜頭滑進了大風衣，兩袖一拍，像穿了青翠翠的九品官服，再蹬上黃澄澄的雨靴，我看了他瀟灑的模樣，真想跪在地上磕碎自己的頭。他跨上腳踏車，使個眼神邀我。我提了烤暖用的炭囪爐，跳上車後座那片特有的大座位。

我不是坐在後座，是蹲的，身體縮進那頂大風衣，只看到馬路上那圈快速滑過的光。阿公踩踏板，腳踏車發出快活聲響，咿呀咕、咿呀咕。我掀了縫，往外看，小朋友跟來了。我想他們從外頭看這台車，一定像紅駱駝。這時，我從口袋抓出一把準備好的礱糠，丟入炭囪爐，將它伸出大風衣。火炭燒礱糠，吐出茫茫的白煙，真像紅駱駝鬧肚子疼，咕嚕嚕放大屁。到了雜貨店，我翻出大風衣，將炭囪爐放在門口，連忙給阿公扶腳踏車。

阿公咳了幾下，稱讚乾冰太棒了，又說：「我嘉慶君遊台灣，像神仙來到了蓬萊島。」說罷，腳跨在炭囪爐上不動，等幾秒，大風衣裡兜滿了煙，才解開衣釦，兩手一攤，煙霧噴了出來，好像魔術師袖裡爆出無數飛鴿似的羽毛，給在場的來個驚喜。

雜貨店頭家探出頭，咳了數下，直說：「來了，來了，我紅包都準備好了，看誰來了？」

「共匪來了，還帶來了『紅頭蒙面匪諜狗』。」有孩子喊，惹得大家笑，我想他們笑的主要對象是狗。

我用拇指和食指比了槍形，對那孩子抖兩下：「阿共你個頭啦！ㄅㄧㄤˋ，ㄅㄧㄤˋ，拖下去埋了。」

「謝謝。」那個人順槍聲往後仰，匍匐在地上往後爬：「我去挖墳墓了，自己動手樂趣多啦！」

「誰來了？」我大喊。

「蔣公來了。」有人大喊。

「蔣公，聽到蔣公不會立正嗎？」我大喊。

所有的孩子正起身，列在雜貨店兩旁歡迎。我穿著木屐，腰間佩了一根刀似的竹子，引阿公一步步入店。

阿公才跨入店內，咂了幾下，大喊：「我們家缺米酒嗎？」

「不缺。」我喊。

「缺砂糖嗎？」

「不缺。」

「缺金銀紙嗎？」

「不缺？」

「那缺什麼？」

「什麼都不少。」

「那來幹麼？」

「喔！對了，我們家缺少掌聲。」

走，阿公轉身，步出店門，大家馬上爆起掌聲。我連忙拿起竹刀，像指揮棒揮動，將雜亂的掌聲引導成有節奏的「愛的鼓勵」。我說嘛！接下來的時間，阿公成了全村焦點，我們先後到小吃鋪、五金行、農耕機具店逛，什麼都沒買，卻召來大批民眾。店家可歡迎我們呢！人潮就是錢潮，我們免費打廣告。

可是呢！打鐵店「鐵人三人組」完全不理我們。店長「鐵頭師」用鉗子把紅鐵條放在鐵砧上，兩位徒弟「大岩頭」、「小岩頭」輪流用鐵鎚敲打。那種寒流天氣，是鼻涕、噴嚏與雞皮疙瘩寄居在人類身體的旺季，但是這三樣東西跨不進打鐵店——這是地獄入口，熱氣嚇人，謝絕這三樣東西參訪。

我們走進打鐵店，熱氣烘烘。鐵人三人組照樣幹活，鐵錚錚的敲打，聲音可真大呀！阿公巡了場子，覺得沒趣，要走了。我哪肯走，這三個傻子沒看我們一眼，怎麼能夠離開。

「我們家缺鋤頭嗎？」這下該我喊了，指著牆上的那把工具。

沒等阿公回應，店長「鐵頭師」說話了，他說：「那有人訂了。」

「缺鐮刀嗎？」我說。

「那些不賣。」鐵頭師說。

「缺菜刀嗎？」

「那是樣品。」鐵頭師大聲喊。

「缺……」

「我們在趕工，今天不做你們的生意。」鐵頭師下結論。像他說的，鐵人三人組完全不理我們，繼續幹活。而且，他們的鎚子大力敲打炙熱的紅鐵，火渣往外射，就像拖著尾巴的美麗精靈。誰知道，精靈落在阿公的紅色大風衣，態度惡劣極了，跳著痙攣般的舞蹈，發出劇烈火光。我想就是那怪異的火光，讓我既著迷，又失去戒心，完全沒有發現大風衣燒了起來。直到「紅頭內褲蒙面狗」發出狂吠，對著阿公打轉，旁觀的人才大喊，大風衣失火了。

阿公立即在打鐵店打轉，大喊：「哪有水，救火呀！」

「我們在趕工，今天不管你了。」鐵頭師繼續工作，讓火渣噴開，不理會屋內發生了失控事件。

也就在這時候，阿公坐在鍛鐵用的冷卻水。水花濺開來，澆熄了火，包括大風衣的火勢與鐵塊上亂跳的火渣。這時候，「鐵頭師」發出長嘆，宣布工作結束了。兩位徒弟「大岩頭」、「小岩頭」挺起身，放下鐵鎚，對阿公同聲說：「你的風衣真好看，我也想要一件，不過，唉！黏答答的。」

那件風衣燒壞了，又短又破，恰好適合我的身材。於是，阿公很快將它披在我身上，載我回家。我站在腳踏車後座墊，雙手搭在阿公肩上，隨風展開的破風衣發出聲響。我覺得我是科學小飛俠，掛著披風，凌風飛翔。至於「紅頭內褲蒙面狗」快喘壞掉了，我把面罩改戴在牠的屁股上，像逃難般醒目。

　　可是呢！整個三寮坑的小孩跑在腳踏車邊，發出難堪的笑聲。他們拿著弓箭，對準紅風衣，大聲說：「射死『吳鳳』，還有你養的紅內褲小馬。」

第十二個故事

偉大的賭徒

在場的不少人曾經來過我家賭博，摸上幾圈。各位當中，最反對賭博的可能是過身的「麵線婆」，她對我說過，吃喝嫖賭是命運之惡，吃喝容易壞了身體，嫖壞了得病，而賭是四項中最不能碰的，賭輸了是害一家子。

我很認同「麵線婆」說的，凡是賭，可能一夜之間傾家蕩產，賣妻賣女清償賭債。我的公太（曾祖父）就是例子，把妻女當賭資豪賭。可是，我把公太的事蹟跟「麵線婆」講過後，她竟然，天呀！在除夕夜到我家打衛生麻將，鬧脾氣也要參一腳。她哪會打麻將，只能端茶，這樣她也樂。到底是什麼讓反對賭博的「麵線婆」也願上桌，我今天來說。也許你們覺得我在「噴雞胲」（吹牛），但這絕對是真的。而此事也不是發生在這，是祖上住的「關牛窩」，一個位在三寮坑南方十公里的村落。

故事是這樣：

我的公太是賭徒，偉大的賭徒。

人家是一早耕田，他趁早賭博，出門時，把褲管捲起來，鋤頭扛上肩，順手從米袋掏了把穀子。他這個模樣是去稻田裡幹活，誰看了都不會起疑。可是那片田，完全看不出它曾是田，拇指粗的菅草密密麻麻，密度之高，連人都可以在上頭翻滾。這證明了一件事，他沉迷賭博，田都荒廢了。

他朝田埂上的綠色隧道走，又涼又暗，幾乎看不到光。他邊走邊打噴嚏，鼻子又紅又腫，快噴離開那張臉了。這時候，他把手揣進口袋，玩弄稻穀，發出唰唰聲，分散打噴嚏的注意力。他通常會哼歌，歡喜今天又要去賭博了，最好賭輸到脫褲底。有時候他會停下來，想像這片田曾有的豐滿稻穗，夕陽下，微風中，輕碰的稻穗發出山歌似的呢喃樂曲。想到這，他不免怒罵，笨呀！自己真笨呀，幹麼曾經把稻田種得這麼好，不如賭博去。

說到賭博，得要有一群賭友，他們都是「狐群狗黨」。

先說「狗黨」吧！沒錯，牠們是一群狗。

我公太原本就有「狗緣」，不時有一兩隻狗黏著他。他對狗過敏。那種過敏是即使經過一禮拜前留有狗尿的樹幹，仍令他打噴嚏，害得他鼻子老是又紅又腫。他恨狗，恨得想拿起鋤頭，剁下狗頭，當高爾夫球揮。他可以這樣打狗，但從來沒過。而且，自從他沉迷賭博後，跑來更多的狗，附近幾個村子的狗都投靠他。這些狗不叫，也不打架，安靜躲在滿是雜草的田，見到公太出門，慢慢靠過去跟隨。當然，狗毛飄散，害公太老是打噴嚏。

至於「狐群」，則是一群牌友，跟著公太來參賭。

我的公太是賭徒，偉大的賭徒，人見人愛的那種。那些賭友一大早聚在我家外頭的樹林，徹夜等待，猛打呵欠。等他們看見公太走來、後頭跟著狗群時，精神抖擻起來，雙手摩擦。他們走到公太前面，彎腰，急忙問好，雙手仍搓著，就像餓蒼蠅找到腐肉那樣。

「真是辛苦了。」公太說，「讓你們久等了。」

「這哪裡的，應該的，等再久都沒問題。」那些賭徒很奉承。套句鄉諺形容他們，簡直隨時托著我公太的「卵蛋」。

「那好，走吧！」我公太說。

「去哪？」那些賭徒睜大眼，即使知道要去賭博，也不敢親自開口，「我們還沒吃早餐呢！」

「當然是去賭，別管早餐了，上了桌，什麼痛苦都忘了。」

這話說完，賭友忘了空腸子能發出兩座山谷的回音，跟在公太後頭去賭博了。那些狗呀！人的！一路上纏著公太，互不相讓。狗的話，不外乎吠幾聲，渴望被摸摸頭、撓撓頸子，求點溫暖。至於人，不過想贏些賭資，大家舌頭哈哈的吐出來，說些阿諛的話，極盡展現巴結的功夫。

同樣的熱情，卻得到不同的回報。

那些賭客出於假意，真狗腿，公太卻全然不在意，跟他們嘻嘻哈哈，視他們為兄弟，掏心掏肺的交往，褲子也能脫下來給他們穿。

而那些狗，真情真意的黏著公太，卻受到截然不同的待遇。我公太再討厭狗，也不會把鋤頭往狗鍘去，頂多打個噴嚏，用鼻子抗議。不過在他身邊的賭友，曲解公太的表情，以為暗示他們對狗施暴。他們以罵的、踹的、揍的虐待狗。那些狗被打得哀號，狗毛亂掉。越是如此，狗毛越是亂飛，公太得越忙著應付打噴嚏帶來的鼻子腫大、流淚等問題，甚至聽力遲鈍，無暇阻止慘狀。這只能說是一場虐狗大會呀！

之後，他們走過幾座山，渡過小溪，躲在陰暗的竹屋打麻將。麻將的魅力就在這，一開賭就耗上幾天。公太賭技高明，不讓賭友閒著，一人打四桌，一人對上十二人。剛開桌時還能應付，等到牌局熱時，四張桌這裡「碰呀」，那裡「吃的」。他忙死了，越忙興致越高，而他偉大之處正是在此，他沒贏過，把賭資全輸給牌友，一個從來沒贏過的人絕對偉大。每輸一場，公太算「台數」，從口袋掏穀子去賠抵。他常打上八圈，少說會輸掉兩碗飯的量。

「贏了八粒穀子要幹麼？放在嘴巴，舌頭還吃不到。」總有新加入的賭友對此不滿。

公太丟出一顆竹製的牌子，哼聲說：「八粒穀子，夠吃一禮拜了。」

「哪夠？當我是神仙啊。」

「我說你，種那麼多米幹麼？種給日本人吃，自己吃番薯。你看看我家田裡都不種米了，拿去種草，日本人也吃不到飯了。」公太反駁。

然後，所有的人都笑了，感覺贏得八粒穀子真不賴。

要是有人還不服氣，認為這是騙局，搞了十幾個小時，甚至幾天，只贏得幾粒稻穀。那麼，公太會指著門旁邊，說：「沒關係，你稻穀收著，等我兒子長大了用這折合勞役。你有幾粒米，他們就幫你耕幾天。」一如此，大家爭著要這項買賣。幾粒米吃完就沒了，留著能折算勞力。

公太是偉大的賭徒，偉大之處，在於把子女的未來當賭資。沒錯，那大門邊坐著我婆太（曾祖母）一家子，她背上揹個，右手抱個，左手牽個，屁股跟一個，肚子還懷了龍鳳胎。她帶了一家六口跟公太求情，別賭了，求了幾天幾夜都沒得到回應。孩子餓了，我婆太掏出一對奶子，連最大的六歲孩子也來搶食。幾個孩子在爭食，打的打，鬧的鬧，哭的哭。我婆太也餓得發昏，把奶子看成熱騰騰的兩碗飯，低頭咬去，咬傷了，心情挺難受的。她心情不好，唱起了山歌：

桂樹開花滿園香，
菊花開在桂花旁；
哥是桂花妹是菊，

任人去講也清香。

公太沒回應門邊的親情呼喚，因為他知道時間不多了，得加緊賭。他把賭資調得更高，輸得更慘，不時餵飽下家的牌，老是放「嗆司」，最後「放銃」給人胡牌。至於那些原本在屋內或躺或坐的狗，這時候站起來，每根神經流動美妙的電壓，眼神喜悅，瘋狂跳動，配合公太的輸牌氣勢。

然後，我的婆太再度高歌，那些兒女們哭起來。

那些狗也跳躍，發出狂嗚，動人的舞蹈。

牌桌上的男人陷入瘋狂贏牌的喜悅。

整屋子的人與動物陷入奇特的情緒。

唯一清醒的是公太，他感受到有一隊人馬從山下來逮捕他。他逃不開，唯有輸得更徹底才行。自此，他心神有些亂，手有些晃，眼睛有些花，不像平日瀟灑打牌，一切亂糟糟。這時牌局進入最詭異的境界。他心想：「壞了，這次拿到的牌不吃不碰，光靠進牌，進得多漂亮。這下完了，要贏了，一次贏四家。這將是他設賭場以來第一次贏牌。」他好難過。

山下的方向，有十幾位日本警察潛伏上山，陣仗很大，帶著長槍長刀。他們不是抄賭場，是抓人，主角是我公太。原因是有個傢伙叫羅福星，把事搞砸了，在台北淡水海邊被日本警察逮捕時，黨員名冊曝光了。沒錯，我公太的名字就列在上頭。他以設賭場之便，聚眾反日。

日警靠近山屋，團團圍住。其中一位警察爬上樹窺探，藉著窗戶透出來的燭火，看見難以解釋的畫面。我公太面對四張桌子，打牌對象是一群趴下身子、看不清楚是人是狗的影像。每桌都是大牌，大四喜、碰碰胡、門清之類的。

人生命運得掀開給大家看，賭贏賭輸都是命。革命就像賭博，熱血沸騰，誰會想輸，可是贏的人有多少。我公太想到此，把牌大力的拍在桌上，砰一聲，大喊，統統自摸。

四張桌劇烈震動，燈火瞬間熄了。

霎時，日警撞開門，砰一聲，大喊，統統別動。屋內的燈瞬間熄了，日警什麼都沒看見，卻聽到屋內塞滿憤怒的狗吠。

然後，日本警察點亮燈，一個人影都沒發現，只有地上那數十隻的狗對他們嘶吠。匪徒呢！他們到哪了？日本警察掀開桌子、踢開椅子，底下只有兇惡的野狗。那些狗都是雜種的土狗，體型、眼神、動作差不多，差就差在黑白或土褐的體色。狗吠著，露出尖銳的牙齒與兇惡眼神。

日警拿刀子捅狗。狗腸子流出來，牠們忍著痛，發出長嗚。日警又割斷牠們喉嚨，甚至戳瞎牠們的眼睛，好熄滅牠們憤怒的眼神。日警繼續拿刀捅，殺戮停不了，總要找到人的時候。匪徒一定藏在狗群中。

沒錯，當初我公太大喊自摸時，所有的人嚇壞了，跌落地上。等他們抬起頭時，燈亮了，日警橫在眼前。奇怪的是，他們學狗趴在地上吠，日警竟然沒有發現。然後，日警拔刀殺狗，血濺得到處都是。我公太怕牌友，不，應該是說革命黨員犧牲太多了，他站起來。旁邊的狗也豎起後腳，包括那些腸子、血水流出來的狗群，也學人站著，以為這樣能掩護我公太。說真的，這完全沒有用，只有他是人，而狗還是狗。不過，那些狗多麼動人，踮腳尖，左晃右晃，拖著腸子努力保持平衡。

我婆太也趴在地上避難，全身發抖，肚子下藏了幾個孩子，口念觀世音菩薩救苦救難。忽然間，她看到自己丈夫站了起來，對日警大喊：「就是我幹的，帶我走吧！」

「給我交代其他匪徒的去向。」日警大吼，給他個耳光。

我婆太抬頭看，心想，完了，與其自己的老公被抓，不如一家子去坐牢，彼此還有個照應。她要站起來了，帶著六個孩子站起來。

這時候，我公太走前兩步，目的是踩住她的兩手背，婆太便怎麼樣也站不起來了。他看著藏在妻子肚子下的孩子，也摸著妻子的頭，驕傲說：「我是瘋狂的賭徒，只跟一群瘋狗賭博。」

這一點，日警認同我公太瘋了，認為這匪徒怕被抓，鎮日躲在山上靠賭博排遣時日。日警帶走了他，留下滿屋子血腥吠怒的狗，以及趴在地上逃過一劫的牌友，包括我的婆太與六個孩子。

之後，公太坐牢的那幾年，沒人敢跟我家來往。只有那些賭贏的牌友，他們贏幾粒米便幫忙幾年，趁夜到我家提供米糧與青菜，好躲過日警監視。而數十隻狗一直守護我們家，外人不敢欺負。有天晚上，狗群排成兩排，中間留走道，集體發出壯盛的「吹狗螺」，像迎接誰回家。

婆太流淚說：「你們的阿爸回家了，我們上床吧！」當夜大家睡在通鋪，中間留個空位給公太睡。我那還年幼的祖父、叔公、姑婆徹夜不敢闔眼，聽婆太講她如何與公太生活的點點滴滴。

而那些狗，第二天就不見了。沒了，連一點狗味都沒了，那些是家族守護神的傢伙走了。走之前，牠們像清道夫，用舌頭舔乾淨一切，把狗毛、狗屎、蝨子與氣味吃乾淨，沒留下蹤跡，像是沒來過似的。

也就在狗消失的那天早上，婆太上台北監獄收屍。

公太遭判刑八年。不過，他像那些革命黨徒在陰暗潮濕的台北監獄受盡折磨，沒幾人活過第四年。他死時，胸膛跑著螞蟻與蟑螂。他原本是肌肉可以絆倒牛、胸膛跑碌礡的人，滿腦子沸騰的想法可以煎熟三顆蛋，死的時候瘦成冒關節的竹子，廢皮一張。

婆太在他胳肢窩發現一朵含苞的菊花——我公太用打落的齒根，紋在身上的。她用簪子把那塊皮劃開，挑起來，透著光，她看到花苞藏了水珠。之後，公太火化了，骨灰送回家。婆太則將那塊「菊花皮」泡了鹽水防腐，藏起來，也不知道藏到哪。從那時候起，婆太不曾提起公太，也不准人提起。幾十年後，大家忘了「畫著菊花的情書皮」這回事，直到婆太過身時才發現它。

眾所周知，人過世前得由晚輩淨身。婆太只剩孱弱的氣息時，女人端水幫忙拭身、穿上壽衣。忽然間，有人大喊：「這是什麼？」

那是什麼？是一塊擱在婆太胸口的皮膚，膚色較黑，畫著含苞的菊花，得撥開她垂下的奶子才能看清楚。那塊皮像天生長在那，幾個女人來都剝不下，猜測是婆太長年把那封「情書皮」兼「遺書」揣在胸口，最後，成了肉身。

在眾人的凝視下，婆太沒氣了。猜，怎麼了，就像大家知道的，那朵含苞的菊花忽然迸開了，花瓣舒展，房間瀰漫芬芳。最奇特的是花瓣上沾了露水，摸上去是真的，還有溫度。

沒有人誤會那是露水，畢竟那是公太的淚，多年來藏在花苞裡。這一切都像公太預知的那樣，知道妻子會把「情書皮」餵養在胸口，直到盛開，因為他是賭徒，一個失敗的偉大賭徒。

第十三個故事

羅福星義犬選拔會

秋末到了，金黃的稻穗收割完畢，田裡一派蕭索。

算了，我不能這樣說，現在鄉裡哪有人種稻，改種草莓有二十幾年了。所以得這樣說，秋末到了，鮮紅的草莓點綴在田裡，馬路上塞爆了人潮。照我兒子的解釋，馬路便祕了，車子是大便。就在這時，「羅福星義犬選拔協進會」理事長王阿水來信，說我養的狗「頗懂情義，能文能武」，通過資格篩選，可參加一禮拜後的義犬選拔大會。

我知道王阿水搞錯了，我們家不養狗。就算有狗，也是三年前的事了。這條狗是雜種，雜得不知所云，就像打翻的樂高積木湊出來的。原諒我這樣說，我是中學老師，有時難免用些奇怪的文辭。這條狗三年前救了我爸爸。當時，我父親中風倒在田裡，在旁邊的牠急著跑回家，過馬路時被輾死了。隔不久，羊圈誕生了一隻小羊，怪的是，怎麼看都像那隻狗轉世。

想到這，我有了蹊蹺，大喊我兩位寶貝兒子。大光與小光，我的寶貝蛋，他們滾出來了，從房間滾到客廳，這兩個人老是這樣黏著，有時玩成一塊，有時打成一團。這兩個渾小子，實在很「兩光」，要是讀書有這份氣力，老子我也不用每天拿藤條追著了。

「我的寶貝蛋，」我忍著氣問，「告訴『把拔』，這是誰的主意？」

「這是祕密。」大光終於玩完，抹了鼻孔上的兩管鼻涕，喘著氣，「祕密就是不能說出來。」

「現在不是祕密了，它曝光了。」我笑嘻嘻，用愛的教育對待。

「曝光，那就不是祕密了。不是祕密，不用說了。」小光說。

我氣得牙齒緊咬，全身散發濃濃的火藥味，拳頭更握得死死的，那種憤怒可以徒手把眼前兩根不肖的鐵釘打入地板，而且沒有罪惡感。就在這時，我感覺手中微癢，低頭看，手中的義犬選拔通知信不見了。眼前出現的就是這個故事的主角，一隻三歲黑羊，散發臊味，眼睛淒迷，最強的功能是那張被喻為紙類絞碎機的嘴巴。兩個寶貝蛋幫牠取個綽號，「資源回收」。

這下好了，通知信附上回函。信中強調，不回寄，視同參加。如果聽過我為了把放在牛仔褲裡洗爛的統一發票拼回來的故事，就能理解我接下來的動作：我大吼一聲，飛撲向前，手塞進「資源回收」閃亮的齒槽絞磨刀片，把牠的回收桶——肚子橫在膝蓋上，又抓起電線——牠那根小尾巴，搖呀搖，擺呀擺，把絞碎的紙片從回收桶倒出來。我的兩個寶貝蛋大叫，抓著我的手拉扯，那樣讓我覺得他們也急著搶這項遊戲。

就在這時，我的父親——兩個寶貝蛋稱為變形金剛——從房間走來，撐著四腳助行器，卡哩卡哩響。他從三年前中風後，就屬現在最行動自如了，花了十分鐘，才從房門走到我身邊。

「牠救過我的命！再搖呀！再搖我右半邊就廢了。」我爸爸低聲說。

然後，一切都安靜了，包括那隻黑羊。我抬頭看爸爸。他的右臉怒目，可是中風的左半邊好慈祥，淌著口水。我的兩個寶貝蛋，只有他們敢這樣無情形容自己的祖父：他的左邊是被「拳王」泰森打歪了，也長滿了包，因為蚊子知道能在那著陸而不必擔心變成屍乾。

「哪有？我們不過是訓練牠，要如何成為一隻狗。」我說。

「很好，沒有牠，就沒有我了。牠是跑去找救兵時被車撞死，牠救了我，不然我今天早就過身了。」爸爸抖著半邊臉，慢慢靠近身，說：「現在，那隻狗轉世到我們家，牠雖然是羊的身體，卻有狗的靈魂。」

好啦！到了選拔會那天，我把這隻羊當女人看待，得化妝兩個小時以上才敢出門：先把羊臊味洗乾淨，撒些狗尿，再把切開的四顆網球穿在牠的蹄上，最後用紙袋套上頭。這下誰也看不出來牠是一隻羊了。然後，我把牠放上車，直往會場去。

義犬選拔是光復後的活動，目的是紀念一群狗犧牲自己救羅福星。之前我聽了人家講了〈偉大的賭徒〉才知道，牠們救的不是羅福星，而是一群革命黨。活動三年辦一次，約在「收冬戲」、也就是俗稱的「平安戲」時，是秋末最熱鬧的聚會，會場選在

「爐主」的田地，搭了戲篷，邀大家來看戲。這時稻穀收成，遺落田裡的穀粒也被鴨子吃光了。陽光酥酥甜甜的，工作了一年，趁此休息。大人肩上扛板凳，婦女腰兜著圓凳，找個不鬆也不硬的泥土地，把傢伙放下，把屁股放上，看義犬選拔的好戲。這是老時光的事，現在哪有人種田呀！都種起草莓啦。因此，會場改在半山腰的義民廟，早年這還是日本神社。

我們一到會場，全縣的狗都聚在這了。

那些狗群，一看就知道，很多是沒人養的野狗。牠們花了幾天時間，從各地來，爬山越嶺，渡河涉溪，來到這裡度假。一點也不誇張，根據「羅福星義犬選拔協進會」調查，那些野狗有的鑽近公車底盤搭便車來，有的光明正大趁紅綠燈時、悄悄跳上轎車，有的躲進打檔機車的右後置物箱，有的乘漂流木來。至於另一半的狗狗，牠們比較富貴，由主人用各種交通工具載來。說起來有點誇張，這像是一場「巫死他客」（Woodstock）的狗狗大聚會。這麼多狗聚在這，電桿快被狗尿給澆塌了，狗味可以嗆死牛。

大光手裡拿著石頭玉米、炸番薯球；小光嘴裡吃著大腸包小腸。我悶著喉嚨不說話，把羊抱在手中。即使攤販冒出各種混合下水道與美食的怪味，打散了這隻羊的臊味，但是如果我不小心，牠極有可能被狗撕成一灘血。

這時從遠處走來了「羅福星義犬選拔協進會」理事長王阿水。他身邊永遠圍繞著幾隻狗，那些狗潔淨、亮麗、皮毛鬆軟。

「幸會，幸會。」王阿水叼著菸斗、戴墨鏡，說話中氣十足，「一切都搞定了，只要這隻狗能上台，一切沒問題。」

「問題很複雜，其實這隻狗……」我突然腦筋卡到了，問：「什麼叫一切都搞定了？」

「也就是我們家的狗得獎了，拿冠軍，抱金牌，光榮回家來。」大光用閩南語說話了。

「我還是不懂，王理事長，你的意思是？」我說。

「很明白了，你爸爸奉獻了一筆錢給協會。天呀！他很誠意，我們當然要給你們家的狗一點誠意，何況，牠救過你爸爸，對不對？」王理事長拿開菸斗，朝我手中那隻套了頭套的羊噴煙，說：「牠真特別，戴上頭套，我看這沒什麼銀行可搶的，而且，頭銜很快被牠搶去。」王理事長講完，趕緊離開。他必定得這樣做，他身邊的幾隻狗對我手中的羊狂吠，幾乎從牠們嘴裡吠出一條洶湧的溪水般。之後，王理事長在安全距離回頭，發出咯咯的笑聲。這下好了，錯誤示範在此，誤導了兩個寶貝蛋，任何成人比賽都可以事前「搓」出來。

比賽開始，舞台上跑出兩隻由人喬裝的絨毛狗，樣子笨拙，老是摔倒，觀眾還報以噓聲。令人驚訝的卻是，絨毛狗不是人喬裝的，因為隨後跑出四條拉布拉多犬，豎起後腿，弓前腳，裝可愛的吐舌頭，觀眾報以掌聲。

「要不是這些偉大的狗狗陪伴，我們哪能度過這艱難的時代。」上場的王阿水照樣叼著菸斗，戴墨鏡，而手中多了一把紅旗子。只要揚起手中的紅旗，代表這隻狗狗能榮獲「義犬」聲譽。

第一位上場的是貴賓犬。主人是貴婦，身上噴的香水，隨時縈繞著一打以上的蜜蜂，但因為香氣過濃，蜜蜂靠得太近而薰落。她拿到麥克風，馬上被催眠似的，一把眼淚、一把鼻涕的說，要不是這隻寶貝狗「古籍」（Gucci）從搶匪手中搶回她的名牌包，牠早就沒臉在這見大家了。

這時候，王理事長發出嘿嘿嘿的邪惡聲，用「鹹豬手」慢慢靠近貴婦。全場的狗狗與觀眾發出警告聲。王理事長最後搶下貴婦的皮包，但是「古籍」呢？早已經被嚇得不見影了。

「測試成功，狗跑了。」王理事長說，「這是掰的事蹟。」

第二位上場的是，對不起，看不出品種。牠無毛，隆起瘤疤長不出毛，也布滿流血的傷口。瘤滿多的，像融化的蠟球般從身上垂下來，好臭，這只能說是蒼蠅的移動基地呀！我看，今年的義犬非牠莫屬。牠上過報，報紙上說，無論牠的醉鬼主人如何將牠放生到嘉義、高雄、屏東，甚至蘭嶼，牠永遠能跑回家，而且像出氣包任主人揮打。不過，收養牠的小男孩拿到麥克風，渾身發抖，緊張得說不出話，倒是台下的兒童遊樂器聲音大到不行。

這時候，王理事長發出嘿嘿嘿的邪惡聲，伸手慢慢靠近小男孩，一把搶下麥克風，說：「時間到了，你下去吧！」

然後，小男孩哭了。觀眾不滿，給王理事長報以噓聲。王理事長把麥克風聲音調高到足夠蓋掉噓聲，小聲說，「接下來是高潮了。」可是那音量之大，讓所有在場的人放下工作，轉頭看舞台，包括那些狗。

大光、小光才把「資源回收」抱上台，王理事長馬上把牠的事蹟說得，唉！跟佛神降世沒兩樣。什麼飛撲擋下巴士，什麼吠聲把巴士車胎嚇軟了，什麼把我父親從鬼門關拖回來，什麼救人救到顏面傷殘只好以「蒙面狗」現身，每樣都是我第一次聽過的。這些誇張內容，連大光、小光都誤以為上錯場次。可是呢！在場的人激動得鼓掌，眼眶潮濕，連狗群都嚇得起雞皮疙瘩而「吹狗螺」收驚。

光靠王理事長的一張嘴，製造了光環罩在「資源回收」頭上，台下那些理監事等「暗樁」也應和王理事長說的。無疑的，「資源回收」是這屆冠軍了。可是，唉！「資源回收」嚇得軟骨，趴在地上起不來，還撒了一泡尿，自己就癱在那泡尿水中。

王理事長大吼，激情說：「你們看，牠被巴士撞得脊髓受傷，四肢癱瘓，還有尿失禁，這樣的榜樣哪裡找呀！我們大喊一二三，讓……」王理事長拿掉麥克風，回頭問我：「這隻狗叫什麼名字？」

「其實牠是一隻……」我說。

「牠叫『資源回收』。」大光說。

「真的？」王理事長不解。任誰聽到也認為這名字太怪了。

王理事長把麥克風拿回嘴邊，「我們大聲喊一二三，讓……這隻名為『環保王』的狗重新站起來，好不好？」

在觀眾大喊一、二、三的壯大聲勢中，「資源回收」從那灘尿水中爬起來，過程幾度失敗，但是牠不放棄，連我都被這種「一公升的尿水」劇情感動，何況那些觀眾與狗兒。最後，全場掌聲如雷，「資源回收」終於站起來了。不過牠表演過頭，終於發揮真本領了，用舌頭把紙頭套吃下去。王理事長嚇壞了，麥克風從手中摔落，全場被擴音器放大的砰一聲驚醒。那是一隻羊呀！

「這是整容過頭了嗎？」王理事長打圓場，這句話即使騙得了在場的人，卻騙不過眾多的狗。牠們發出怒吼，眼神帶煞，隨即跳上舞台。「資源回收」則隨即跳下舞台，逃出會場。這場狗追羊的戲碼可真精采。會場是早期的日本神社，位在半山腰，旁邊種滿了竹林，跑山坡與竹林可是羊的本事，卻是狗的折磨。「資源回收」踢開了腳上的布鞋——那四顆網球——馬上逃竄，一路還咩咩咩的叫，讓那些狗追得不成樣子了。跟在狗群後頭的則是王理事長與一群裁判，他們相信，不阻止這場殺戮，「羅福星義犬選拔協進會」會被污名。

爬過幾座山，「資源回收」逃回家了。牠跳進家門，力氣耗盡了，被十公分高的門檻絆倒，連翻兩個狗吃屎。這下牠肚皮朝上，兩眼翻白，一副腦震盪的模樣。

我的父親從客廳殺出來，拿著椅子，斥喝追擊而來的狗群。他的樣子，面紅耳赤，雙手努力揮動。我樂見他的模樣，就像當年他拿藤條打我的樣子，快速流動的血液足以打通他腦中風的血塊。

稍後，王理事長與評審趕到，看到「資源回收」仍犯癲癇的躺地上，兩眼翻白，痛苦得不得了。眾評審順著牠的視線，往屋頂看去，那表情幾乎可用看小姐的內褲般喜悅來形容。

「義犬，義犬呀！」評審們趕緊舉旗高呼。

原來，那根光復之後不見的神社鳥居大椽，被我們家拿來當屋梁。這下他們找到了，火速派吊車來拆下，裝回神社做號召，拚觀光拚經濟。之後，王理事長送了上書「羅福星義美冠軍」的木匾。為何木匾不是寫上「義犬」而是「義美」？照他們解釋，美，不是「羊大」，是「羊犬」才對，雜交的新品種呀！這匾讓我祖父樂得像「義美蒟蒻果凍」亂顫呀。

我把木匾補了拆梁後的屋頂缺，無奈的是，匾是雙面的，讓主人可以看心情換面掛。而另一面刻的是「大義滅親」呀！

第十四個故事

猴死囝仔腳

三寮坑以客家人為主，講客家話、吃鹹湯圓、愛吃薑絲炒大腸。不曉得為什麼，村口有幾戶人家是講閩南語的，我們家就是其中之一。早期，我們家人的閩南話講得溜，語氣俐落，可是到了我們這一代，不要說閩南話講不好，連客家話也沾不到舌頭。所以囉！接下來的故事，我會說上幾句閩南話，相信常來我家串門子的「麵線婆」會懂，因為好聽的故事沒有語言的問題呀！

這故事主角是我叔公，發生在二次世界大戰時。那時他十八歲，到高雄當日本兵。他是過動兒。小時候過動，長大也沒多好。他體格精壯，個性開朗，對過動帶來的困擾不以為意。可是日本班長受不了，差點整死他。

叔公過動的毛病就是抖右腳，吃飯時抖，立正也抖，連打靶也吊兒郎當的抖腿。日本班長覺得叔公是故意的，罵他是豬，罵他的右腿是壁虎的斷尾。日本班長要是能治好那隻腳就升官了，於是，踹呀！打呀！揍呀！偷偷哭呀！用三十公斤大磨石壓叔公的腳。結果，一切都白費了，因為叔公連睡覺時也抖右腳，可見這是天生的毛病。

「報告班長，照台灣說法是，我的右腳『著猴』（中邪）了。也就是腳裡頭躲了個頑皮的猴子呀！管不住牠。」我的叔公這樣形容他的右腳。依現代說法，他可能是有「妥瑞氏症」，才無法克制自己的抖腳。

「混蛋，猴子爬樹，哪裡會爬你的腿，分明是你不服管教，隨便扯謊。」日本班長嘴上這樣講，內心可是完全同意，罵完還點起頭。

叔公為了強化這事實，又說，他還在娘胎時，老是用右腳踹母親的子宮，出生時是逆生，右腳先出來，身體留在子宮內。可是，那隻跑出來的右腳抖呀抖！怪恐怖的。產婆以揉麵糰的方式猛壓他母親的肚子，還在她鼻子撒了足足嗆死一頭豬的辣椒粉。他母親鼻子痛，打個大噴嚏，子宮劇烈收縮，他便滾了出來。這樣的小孩從小學不會安靜。他踢石頭上學、單腳罰站、校內跳遠也靠右腳就行了，如果換隻腳便折騰他。可憐的是，男抖貧，女抖賤，他不斷抖動的右腳帶來了苦難。上課時抖腳，頂得桌子咯咯響；睡覺時，人會忽然被抖動的右腳嚇醒，以為「鬼附腳」了。

「是這樣的呀！混蛋，哪有這樣的腿。」日本班長嘴上講，內心是完全可憐他，「所以，從明天開始，我操死你腿裡的猴子。」

不久，叔公重新分派到隸屬陸軍航空隊的高雄機場服務。高雄機場那時遭美國轟炸機炸癱了，到處是大坑洞。他的工作是與士兵們填平坑洞，再用那隻抖動的右腳，不斷踏實泥地。他熱愛這項工作，發揮了右腳過動兒的專長。而且，這項工作做不完。等坑洞填平了，美軍又來炸，機場內到處是冒煙的洞，他們再從防空洞跑出來填平。照叔公說法，這樣的填坑洞遊戲，是消耗美軍炸彈的偉大策略，美國飛機遲早會累得摔下來。

某個空襲來臨的黃昏，天色蒙暗，天空冒出星群，一群人躲在防空洞，默默不講話，好等著警報解除之後趁夜工作。就在這時候，叔公忽然跳起來，大力抖動右腳。他穿著夾腳鞋的腿不斷跳動，像跳蘇格蘭踢踏舞，舞步熱情，腳底冒著特效的火花。照理說，那種漆黑飄滿苔味與溽悶的小空間，沒多少光，可是大家看清楚了叔公抖腳的英姿。因為鞋底卡了幾顆石頭，摩擦地上的磚頭時，花火像是從打磨機裡噴出來的。

混亂之世，甜美時光，空氣中飄著煙硝，牆角縫的蟋蟀嘰嘰叫著。防空洞兩旁靠牆對坐的士兵，瞪大眼睛，心中溢滿了快樂，那就像是在坑洞裡躲著吃冷飯糰時，忽然聞到遠方飄來拍碎蒜頭下油鍋爆炒的滋味。他們站起來，隨著叔公的步伐跳舞。接下來，叔公跳起國際舞，牽了最靠近的士兵的雙手，一拉，叔公胸脯貼近對方的，不停磨蹭。這親密動作嚇壞了士兵，趕緊跳開，可是叔公又趕緊拉回他。士兵再度跳開，叔公又拉回來，讓胸膛黏在一塊。

「這是幹麼？你瘋了不成？」士兵大喊。

叔公喘得不成樣子，只能斷續說話：「你誤會了。救人呀！是我的猴死囝仔腳，他又著猴，發作了，要往外逃。」

「你的腳還真會挑時間。」

這時大家才理解，跳踢踏舞是出於右腳失控的抖起來；跳國際舞，是右腳要往外衝了。

「趕快抱起我，不然我會跑出去。」叔公說完，大家抓起了他。可是叔公的腳像斷成兩截的蚯蚓，大力擺動，往洞口方向去。那個方向正有一架美國B-29轟炸機往這飛來，發出低沉吼叫，大家這時衝出去準沒命。他們想到的辦法是把叔公倒懸，頭頂在地上。叔公充血的頭絳紅，疼痛難受，最後勉強擠出這輩子對右腳最兇狠的話：「阿娘喂！真想把你這隻『著猴腳』砍下來。」

這句話應驗了。一顆從天而降的炸彈正中防空洞，一切停止，只剩下年輕人的鮮血流出來。叔公醒來是第二天下午，全身僵在床上，他動了動全身，發現右腳不僅沒反應，還疼得要命。他奮力的用手肘撐起了上半身，看到駭人的場景，大喊：「阿娘喂！他真的不見了。」他的右大腿纏滿了滲血的紗布，膝蓋以下的腳不見了。

他忍痛翻下床，爬過地板，不理那些護士大聲嚷嚷阻止他。這時候，我的叔公看到一台軍車要離開，趕快爬過去，在大門前狠狠擋下車。駕駛嚇壞了，很快的發現斷腳的叔公不見了，仍不敢開車。那是因為，叔公鑽入車頭底盤下方往後爬，要是繼續開車，準會鬧人命。最後，叔公從車尾爬出來，抓住後斗，努力往上爬。

「朋友們，再見了，要是那時聽我右腳的話，情況就不會這樣了。我的右腳裡住著猴子，牠有第六感，想帶大家逃離防空洞，可是，我們都不知道。」叔公對車廂內的士兵大喊。那原本躲在防空洞內的士兵現在都無法回答了，他們重傷而死，屍體躺在車上，要載去火化。

叔公接著說：「廣田君，謝謝你照顧我的右腳，我現在要拿回來了。」

他爬向屍體堆，手往那位名叫廣田國雄的身邊探，果然摸到熟悉的感覺。他摳腳、罰站、抖腿都與這傢伙同樂。他抓住那根硬邦邦的傢伙，奮力抽出，是一條充滿血跡與彈痕的右腿。叔公高舉那條腿，即使被稍後趕來的衛兵抬下車，仍抱著斷腿大喊：「猴死囝仔腳，萬歲。」還流下不知是歡樂還是難過的淚水。

一九四五年六月底，二次大戰還沒結束，叔公先退伍了。

他拄著雙枴杖，揹著背包，走出病院大門。那正是早晨光景，鳥聲在屋簷下如風鈴搖動，天空流動淡泊的朗雲，他踏上了歸途。他不孤獨，至少有一隻完美的、由美國山姆大叔提供的鐵腳。那是從「累得摔機」的美國戰機殘骸所拼出來的，尤其那根彈簧的性能佳，走來不費力。他決定走路回家，好熟悉義肢。這趟旅程走了半年之久。走到台南時，他丟掉一支枴杖，走到嘉義時丟掉另一支，走到豐原時，他安穩走起來，最後快跑到三寮坑，大喊，他回家了。

別以為故事這樣就結束了，後頭可精采呢！

叔公歸鄉後，從事農耕。坐在田埂休息時，他脫下雨鞋，把左腳鑽入鬆軟的土裡，張開五趾，感受以土壤「馬殺雞」的柔軟力道。這時他才體悟，哎呀，右腳之前老是抖動，是愛上左腳。右腳追逐左腳，左腳逃避右腳，他的人生才得以不斷往前移動。不過，現在右腳沒了，左腳很孤獨，這也是沒有辦法的事。在叔公下了這道結論的晚上，窗外下大雨，咚咚響不停。他溫柔清洗左腳，摸呀摸，安撫一個失去「腿愛」而注定一輩子孤獨的傢伙。然後，上床就寢。

這時，幾位怪客在家門前逗留，不像躲雨。時間久了，也許半個小時，他們沒離開的意思，也沒有下個動作。

叔公輾轉難眠，聽到門外有動靜。這時他的左腳大力顫動，他心想，或許是左腳想邀請門外的朋友吧！

叔公下床點了蠟燭，打開大門，說聲：「進來躲雨吧！」

門外有三個男人躲雨，聽到應門聲，其中一人倏忽間伸出手，又快又準的捏熄燭火。之後，這三個人在那不動，與叔公隔著陰冷潮濕與淡淡的敵意。叔公以為他們是鬼類，僵硬的杵在那，直到對方的某人不耐風雨，猛打噴嚏，這才解除聊齋警報。鬼不打噴嚏，不然依慣性，頭會往後掉。

「原來你們不是『好兄弟』，那就進來喝杯茶吧！」叔公說。

「這樣吧！先給我們三套乾衣服，會付錢。」三人走進來，其中一人應該是帶頭的，接起了話題，又說：「記得，不要點蠟燭，我們怕亮。」

說到光，光就來了。我姑婆當時是八歲小女孩，手腳俐落，從房內端了三套衣服，還拿了蠟燭，把自己照得像盛夏的蓮花開綻。她放下燈火與衣服之後，趕緊跑回房。這盞是照妖燈，把三位怪客的樣貌顯現了七八分。他們戴戰鬥帽，拿了武士刀與鐵棒，而腳邊的袋子鼓鼓的，尖銳物品還刺破麻布袋。燭光下，他們容貌有些鬼裡鬼氣，也許下一秒，他們拔刀見血，而且態度從容，會說些笑話或自娛一番才離開。

依對方的這身行頭，叔公想，莫非遇到傳說中的強盜。這是有道理的。光復初期，嚴厲執法的日本人敗了。治安成了真空期。台灣人不再受殖民管制，有心者會找昔日的仇人尋釁，即使是日本警察被打，也乖得不敢吭聲。或許，這三人趁機夜劫，撈上一筆，卻還不至於幹下什麼殺人放火的勾當。

然而，糟就糟在那盞暴露身分的燭光。這三個男人的面貌，確鑿露餡。其中一人，就是帶頭的那位，趕緊拿武士刀把地上那盞燭光揮滅了。

但是這個突然動作，嚇壞了叔公，他往後仰：「不要殺我，我什麼都不會講出去。」

這幾個人也不是徹底的壞人，聽到叔公這麼說，悶著頭笑。帶頭的人想，這鄉下土包子的膽子像雞皮疙瘩那麼小，不如嚇嚇他，便把武士刀戳地上，發出聲響，說：「我們肚子餓了，煮些東西吃，不然殺了你。」

叔公沒輒了，要是不照做，連小命都沒了。他走到廚房幹活。三人就在一旁的方桌邊監視等待。接下來，叔公生火，把少得可憐的米淘洗，煮了鹹菜乾與高麗菜乾，欠新鮮的菜，他把晚餐尚未煮完的「打某菜」下鍋——這種菜的得名，原由是有位丈夫買了茼蒿，交由妻子煮好上桌。不料茼蒿縮水，剩下不多，丈夫誤認妻子在廚房先偷吃，盛怒之下打了她——這三人聞到汆燙茼蒿的味道，調侃說：「你不會在廚房偷吃吧！這樣好了，點個蠟燭，我們好看清楚。」

這是莫須有的控訴，以至於後續的流程，叔公得大聲報告，以免再挑起他們的不滿。然後，叔公說：「如果三位沒異議，我要到後院殺隻雞，免得這餐太寒酸了。」

他走到後門時，那個帶頭的又調侃說，「下雨天，雞很冷，雞皮疙瘩也多，吃了傷牙。所以，我看你是要藉機逃跑吧！」

接下來發生的，說來唬爛，卻一點不假。叔公遭人斥罵，低頭走回灶邊，誰知道滑了一大跤，廚房的秩序像土石流上的房子被殘酷瓦解。叔公跌倒時，一腳踹翻了牆邊的大甕。他隨意抓了個鐵環爬起來。鐵環是鍋耳朵，連帶鍋裡的熱水也灑出來。熱水燙到義肢，他坐地上慌亂地滾。不料，義肢伸入火爐，折了個彎度。

經過這場災難，叔公頹喪的說，「報告三位，我的腳壞了，如果沒異議，我要把它敲直。」他隨手拿了大木柴，把義肢敲直，卻越敲越壞，又說：「如果三位沒異議，我乾脆把腳割下。」然後費了一番手勁，彷彿切腹自殺，才以菜刀把束腰的皮帶割斷，解開義肢。

三人就著昏弱的燭光，看見叔公慘烈的砍下右腳，不確定自己所見，也不了解自己所見。那個帶頭的嚇壞了，發出試探性的口氣，顫抖著身體說：「如果你沒意見，就把那隻腿給煮了。」

我叔公當然沒意見。他從掀翻的大甕拿出一隻斷腿。那隻腿是他從高雄帶回的右腿，用鹽巴脫水醃藏，一隻真的腿。他原本要等自己死後，合體下葬，現在他被迫煮起來，用刀子大力剁斷，以各種火候與廚藝煮妥，一併端上桌。

那時天亮，雨停了，晨光透過窗戶，一隻右腳的料理坦然呈現。三個人發出最恐怖的叫聲：「阿娘喂！夭壽呀！看到鬼了。」他們吼完，連武士刀與贓物都不敢收拾，連忙從他們自認為的鬼屋跑出來，逃得越遠越好。

「如果三位沒異議，我乾脆吃光。」叔公把那桌菜吃個不剩，吃完，他覺得左腳歡喜不已，有了愛人的衝動，便在陽光浪漫灑下的屋前，跳起了單腳「著猴舞」呢！

第十五個故事

素描的荒城之月

我的妻子過世了，兒女成家，我活到這把年紀，不在乎明天會不會醒來。如果長眠時也有夢境，我會夢到什麼？忘不了什麼？心中有什麼疙瘩？或許有，或許沒有。或者這麼說，如果我把這個故事說出來，算是告解，這一生便沒有什麼好牽掛了。剛好我今天回到三寮坑，聽人說在這裡的靈堂可以說故事，便自告奮勇前來。

我每年來這村子寫生，常坐在土地公廟旁那條小徑，以鉛筆素描。那本來有間竹造房子，十五年前塌了，如今留下殘破的地基。真的，我對三寮坑向來有好感，像初戀一樣。你們有人曾看過我坐在那個地基旁作畫。我只畫素描，無論畫得多好，最後一定用手抹掉。

有次，有個路過的小學生問我，為什麼這樣。我說，如果不抹掉，我會帶走某塊風景，或許是翻動的月桃葉，或許是秋色晃蕩的山丘，甚至是小溪不斷蔓延的反光，那樣子，我便減少一分下次來三寮坑的衝動。因為不帶走，我永遠會回來尋覓。回來找什麼？這是我要講的故事。請容許我說了這麼多引言，好給自己一些緩衝時間，說出自己的初戀。

這故事一直藏在我內心，至今無法忘懷。那是在日本時代，我讀台灣總督府醫學校，也就是今天的台大醫學院前身。我是見血快昏倒，見紅色顏料手會興奮的人，適合拿水彩筆，害怕手術刀。不過，那時我要是選擇美術，會被父親用扁擔打斷雙腿。

我學成後，在台中市梅枝町、就是今天中正路一帶的某家診所幫忙，假日便到台中公園寫生，累了靠在爪哇樹下睡覺。這樣的生活很快就結束，奉家父之命，我回到苗栗工作，依媒妁之言，和渡邊芳子小姐結婚。渡邊芳子是台灣人，卻有個日本名字，這是當時的規定，想要成為日本的「國語家庭」，得取日本名字。我那時叫田中敏郎。

後來，太平洋戰爭，時局紛亂，我和芳子沒有度蜜月，每天在惶恐不安中度過。我比較安閒的時光，是晚餐後拿素描筆，畫起靜物。那些靜物是妻子從市場買的香蕉或鳳梨。有天晚上，我畫到索然，聽到妻子在廚房洗碗筷聲，單調、反覆、清脆，那種寧靜氣氛，我感到自己的神經流動陽光，每次呼吸的能量能到達了腳趾，甚至從那流出去。

我放下炭筆，打開留聲機播放〈荒城之月〉曲子，盤坐在客廳，看著月光流動在榻榻米上，心中充滿寧靜，便喊了：「芳子，芳子，妳過來吧！」

她停下廚房工作，應了一聲，得等上一段時間才來到客廳的榻榻米。她是那種有教養的人，得先用圍裙擦乾手上的水漬，才走過來跪在我身邊，說：「怎麼了，茶水沒了？」

「妳把衣服脫了。」我說。

「不等晚一點？」

「是的，就是現在。」芳子低頭，臉頰沾紅了。

芳子脫了圍裙，褪下上衣，然後羞怯的跑進房內，拿了棉被與枕頭回來，自己縮進棉被窩裡脫衣服。我笑了，我要求芳子褪盡衣服，是給我當裸體模特兒畫畫，不是行周公之禮。她使勁搖頭，窩在棉被，就是不肯多露一吋肌膚，說：「這是敗俗的。」她這樣說不無道理，畫裸畫是前衛的，我在醫學校時，曾在大稻埕參加繪畫研習會，要畫女體素描都是偷偷摸摸，被抓到要懲處。但是，芳子是我的妻子，這樣說也太見外了，我也沒強迫她。

戰爭越來越吃緊，美國轟炸機不時轟炸，晚上實施宵禁，不准點燈，我只能在有月光時，坐在窗邊畫畫。有一夜，診所的門被猛敲，我跑去開門，門外是負責夜間巡邏的警防團人員。警防團類似今天的義警。我看到他們，嚇了一跳，以為家裡有什麼事違規。

「抱歉，田中醫生，好在你還沒睡。」警防團人員說。

我把炭筆藏在口袋，說：「請問，有什麼可以幫忙的嗎？」

「這樣的，一位女孩從鄉下走來，要見醫生。這麼晚了，實在麻煩你。」他交代完事情就離開了。

那位女孩站在較遠地方，背上揹了人，對我深深鞠躬。我連忙引他們進診療室，拉上兩道窗簾，在窗縫塞上黑布，才打開一盞十燭光的電燈。這麼做是因為宵禁不能將燈光洩出。之後，女孩將背上的男人卸在椅上，安靜的尋個角落，說聲抱歉，便蹲下去休息。男人臉色發白，全身發抖，我一看就知道他得了「馬拉利亞」（瘧疾）。這種病會間歇性的發寒發熱，全身漿汗，情況嚴重會奪命，但是好的藥都使用在南洋戰場患病的士兵了。我開了一些奎寧藥，算是緩一緩病情，其餘的只能靠造化了。

「好了，妳爸爸好了。」我用日語說完，再用客語說上一遍。

她包個鄉下農婦的工作頭巾，在角落瑟縮發抖，好一陣子，才用客語說：「我肚子好餓，能不能給東西吃？」

我走到診所後頭的住房，請芳子安排。芳子熱了味噌湯，捏了飯糰。那個女孩摘下布巾，仍蹲在角落猛吃，有了力氣，才將剩下的湯餵給她爸爸。她長得嬌小，身材卻很勻稱，五官恰到好處，鼻子特別美。我坐在藤椅看她吃飯，暖黃的燈光下，她的影子模糊，看起來像夢境，一切家具，天呀！它們真的飄浮在半空中，像氣球飄蕩，只能用影子拴在地上。這樣的夜確實又美又詭異。

她吃完餐，掏給我錢。我搖頭，她便放在診療桌上，深深鞠個躬，揹起男人往外走了。

芳子看了錢，笑笑說：「這連湯的錢都不夠呢！」

接下來的半個月，每隔三天馬拉利亞發病的時刻，女孩都會揹爸爸來。我告訴她，這病只能吃藥減輕痛苦，其他的我束手無策呢！即使開了定期藥量，她還是前來。每一次來，都是晚上休診後，她會帶著野菜，權充醫療費，而我也會要求芳子為她準備簡單的餐點。在那小小的診室，她總是蹲在角落，小小的燈光下，所有的家具仍舊飄浮。我喜歡看她吃東西，小小口，小小聲，我猜那是她這三天來吃過最好吃的食物。

芳子簡直無法忍受這樣的行徑，常常在女孩面前，用她聽不懂的日語說：「現在都要食物配給了，她還這樣無恥的來吃，看她吃相，標準的支那豬呢！」到這時候，我只能將女孩帶來的蔬菜燙熟，將就給她吃了，一再的委婉勸告，下次可以不用再來了。

她真的不再來了，倒是讓我有點惆悵，也許我真的有點喜歡她安靜吃東西的模樣，她像一株小草，在角落生長。為體驗那種感覺，我在工作勞累之餘，也坐在角落休息，那裡很潮濕，很荒涼，卻有兩面牆依靠，我覺得兩手獲得依靠，頭一碰到牆就睡去，直到芳子驚恐的叫醒我，以為我生病了。我知道那種酸甜的情感滋味，跳過了芳子，在一位女孩身上產生酵素。這叫初戀，發生在結婚一年後的事了。或該這麼說，我跟芳子結婚卻仍未曾有戀愛的感覺，而在女孩身上有了。

如果初戀是一班遲到的班車，她打開車門，我也不會跳上車，因為我已經結婚了。

即使班車離開後，不再天晴，我也會在車站聽著雨聲直到老。幸好，班車遲到，總比沒來的好。

有一回，我坐在門廊，沐浴陽光時，注意到院中冒出一株小草。這株草沒什麼特別，滿院子都是，吸引我的緣故是它從芳子之前拋棄的蔬菜中長出來。這蔬菜是女孩從鄉下帶來的。我把小草移植到盆栽。它稍大才得知是益母草，層層托塔似的葉片，開出紫紅花，還有股清淡味道。有時候，我把那株盆栽放在診所的角落，等待它花開花落，芬芳瀰漫。

有位看診病人說：「唉！那是雜草。」

有的人說：「你改行當漢醫了，種起藥草。」

也有人懂得欣賞，以不可思議的語氣說：「那株花好美呀！好像一個女孩蹲在那呢！」

可是，角落空蕩蕩的，好久沒有人蹲在那了。女孩不來也好，因為美軍轟炸機實施夜間轟炸了。飛機丟下無數的炸彈，實施無差別的民房轟炸。有一晚，炸彈落在民宅密集區，十二人死，十五人重傷，面對血肉模糊的災區，我只能對傷者施打嗎啡，減輕痛苦。

這時，女孩又揹著父親出現，在臨時野戰診所外徘徊。我期待好久的人，被忽然來的無情戰火打亂了。我無暇面對，鎮上的正規護士都調往海外戰區，來幫忙的民婦只學過簡單包紮，無法面對重傷病患，全靠我一人。我誠心希望死神快點帶走治不好的傷者，好解除他們的劇痛。可是，那時整個亞洲都在打仗，死神太忙了，永遠遲到。

到了晚間十二點，女孩又走進野戰診所，疲憊的我這下找到安全的人可以發洩了，大吼：「這裡的人都快死了，比妳爸爸嚴重，妳沒看到嗎？」

忽然間，臨時診所安靜下來，大家看著我，有些傷患家屬終於流下淚。我深深向大家道歉，拿了口糧，要女孩到我家等，我隨時會回去。

這一忙，已經是兩天後的晚上，我回到家，飯都不想吃，累得隨時會死去。我打開留聲機，坐在門廊發呆，忽然看出大門內側的那團黑影是女孩。我這才想到，芳子已經先跟著父母疏散到鄉下，家中無人，女孩於是在虛掩的門內等了兩夜，根本像是適應了黑暗的植物。

我將她爸爸卸下，驚覺他沒氣了，從體溫判斷，剛斷氣而已。我揹入診療室的病床上，仍盡力搶救，半小時後，我踱出診療室，向在客廳等待的女孩道歉，說：「我盡力了，還是救不了妳爸爸。」

「醫生，他不是我的爸爸，是丈夫。」她蹲在榻榻米上，翻著我的裸體素描本，然後抬頭，說：「你畫得很棒，可是沒有一幅畫完整的。」

她站了起來，衣服一鬆，清秀的胴體展露無遺，寧靜站著。她真瘦，但是靈魂飽滿的皮膚好光滑，沒有皺紋。

「妳不該這樣的，在這時候。」

「時局的命運，一切了然。謝謝你，謝謝遇到了你。」

她躺落榻榻米，沐浴在潔淨的月光，細白的汗毛如水草般，在溫膩的光線中輕浮。

我教她托腮，兩腳自然交叉。這才拿起炭筆，沙沙沙的勾勒，彷彿細雨落在月光下的聲響。夜裡，警報器又響起了，人們戴防空巾，拿著藥包，往防空洞躲逃，錯落的光影穿過門縫，仍然擾亂不了屋內的氣氛。我不知道是該逃走，該帶她走，還是留下來？不久，轟炸機來了，爆炸聲在小鎮轟然掀起火光，大地搖起來，屋梁上的灰塵落下，掉在女孩身上，像水一樣的滑落。沒有比此刻更完美的。而在炮火中，我很清楚聽到留聲機傳出〈荒城之月〉的歌聲：

夜半荒城聲寂靜，月光淡淡明。
昔日高樓賞花人，今日無蹤影。
玉階朱牆何處尋，碎瓦漫枯藤。

明月永恆最多情，夜夜到荒城……

一個禮拜後，我接到徵兵令，準備上戰場了，即使父親一再利用人際關係幫我緩一緩，仍舊無法擋住時局的影響。我關上診所門，希望用一天的假期到鄉下找芳子。到了公車站，我卻搭車前往相反的方向，中途轉乘一種在小鐵軌上走的台車，到達終點站再徒步走。我中午到達三寮坑時，才了解到這路途之遠，無怪乎女孩總是晚上走到小鎮。

我聽過女孩提起她住在三寮坑，可是確切地址，我無從摸索。但是，味道說明她從哪裡來。空氣中，飄來清雅的草香，是益母草開花的味道。就像各位猜到的，我像蝴蝶，追逐而去，順著土地公廟旁的小徑，在林蔭深處有間竹屋，那裡的四周流動著益母草的花色。沒錯，那個我想念的她，住在那呀！

敲門都不應，我擅自打開鎖，一步步走入漆黑的房內，鍋碗都被帶走了，顯然女孩走了，我內心瞬間失落。不，應該說女孩還在那，我看到她了。她躺在天窗落下的陽光中，裸著身，安靜無聲，那是掛在牆上的一張畫，她框在潔白的畫紙中。那張畫，是那晚我畫好後送給她的。

房間好暗，唯有素描畫發光，我朝著發光的所在前進。她看著我，我也看著她。我撫摸那胴體，一個我創造的年輕、光滑、飽滿的身體，給我戀愛感覺。輕輕的，我的雙手像煙一樣滑過去，來來回回，直到炭筆線條都散了，沒了，像那一夜，始終有無限模糊溫暖的月光。

第十六個故事

米田共研發會

故事發生在那年冬天……哎呀呀！我第一句話還沒說完，大家都笑翻了。各位想必是在我的臉上看到「屎樣」了，而我一輩子也擺脫不了這三寮坑最大的笑話。我想，「麵線婆」聽得進這個故事，也會從長眠中笑岔。要不是看在「麵線婆」是我叔母的分上，我是不肯抖包袱的。各位，別在地上驢打滾了，讓我好好把事件講下去吧！

那年冬天，山芙蓉花盛開的時候，鄉民大會召開了。泰雅族頭目瓦歷斯從隔壁的原住民鄉打電話過來，透過廣播，向聚會的村民訴苦。他說，部落裡的每種動物，包括他自己，一夕之間多冒出一個屁眼。現在，他們得多吃東西，才能讓多出來的屁眼開竅，發揮功能呀！

掛電話前，頭目瓦歷斯咳了一下，瀟灑的說：「不必在意這件事，畢竟，多長一個屁眼也不是壞事。不過，我不能說太多話了，怕祖靈生氣，讓我又再多長一個屁眼，現在，我就派我的『兄弟』去，仔細說明這件事。」

村民都笑了，像掉到辣椒水的青蛙群，有人劇烈的乾咳，喉結亂跳。大家稱讚瓦歷斯頭目說笑的功力不減，枯燥的鄉民大會有些滋潤了。過了幾天，冬陽好暖和，芙蓉花仍然開得旺，在大家忘記瓦歷斯頭目說過的話時，一隻公雞走進部落了。

牠呀！雞冠鮮豔，眼睛銳利，羽毛發出上蠟般的霓虹光彩，一看就知道牠是瓦歷斯頭目的「兄弟」。這位兄弟呀！戴了露出雞冠的編織帽，穿了原住民的彩虹上衣，可是，下半身很不搭的穿了花紋狀的橘色海灘褲，一副想到河灘曬太陽的模樣。沒人想讓牠從眼前溜過，我們打了公雞屁股令牠安靜，不顧牠也有羞恥心，脫下牠的海灘褲，撥開羽毛，人人發出驚訝的表情。牠的屁股上有兩個屁眼，功能健全，立即拉了兩坨冒熱氣的鮮屎。

瓦歷斯頭目也附上一封信，綁在公雞腳上，名為「雞爪傳書」。他在信中畢恭畢敬的說：「你們平地人的巨人祖先，曾拉了一坨超級大的大便，嚇壞我們當時的祖先。現在，我們的祖靈很懷念呀！希望再見到大便一眼，這也是部落的動物多長了一個屁眼的原因。」

這回事呀，瓦歷斯會苦惱這件事。原來是村民大會的那段時間，三寮坑正排演一齣清朝歷史戲，講「漢番」間的廝殺，想必瓦歷斯對這段歷史有不同的感受。在此，讓我說清楚這段「屙屎嚇番」的典故。在一百五十多年前，有群客家人來三寮坑開墾，跟住在這的原住民械鬥，輸了幾次。結果客家人某次在上廁所時，屁股挪幾下，腦袋也挪出了妙招。他們想，既然大便這麼討人厭，乾脆製造超級大便嚇原住民。說來誇張，但事實如此，他們製造巨人的大便，丟到原住民必經之路，散布唐山「巨神兵」來此討伐的消息。原住民什麼影子也沒看到，被一坨大便嚇得扛起部落，連撤了十個山頭，從此不住三寮坑了。

好啦！瓦歷斯嘴上不說，但是我們都知道，他們的祖靈想再回味那「巨大的糞便」，但是後代又做不出來，才懲罰部落的動物多個屁眼。這下好了，問題簡單了。我們成立「米田共研發會」，由我擔任會長，專責製造巨神兵的大便，也好解救那些原住民，免得再多長幾個屁眼。

「米田共研發會」成員共八位，有馬老爺、雜貨店趙仔、孫仙符仔、伊姬果仔、山阿鵲仔、王老師、山牛牯。本會成立後第三天，我們搜羅好資料，聚在鄉民活動中心，準備「製糞」。說實在話，多虧「米田共研發會」，我們才研究這種坐上馬桶後瞬間掉下，屁股怎麼夾也留不住的廢物，不，是好朋友呀！

馬老爺是個山東人，八十幾歲。一百多年前的那坨屎，無論多大坨，實在跟他沾不上邊。不過他年事已高，可提供排泄的經驗，沒想到他說：「我拉屎從來像小姑娘第一次圓房，得關了燈幹活。如果是在大太陽底下，關不了太陽，就閉眼幹活。」

「馬老爺，那您可要苦了。」我聳聳肩說，「我們現在得開燈了，把米田共看清楚，好製造出來。」

「沒關係，我來承擔失敗的。」馬老爺站起來，拍胸脯說，「要是祖靈看了咱們做的米田共，不滿意，生氣了，罰我多長個屁眼好了。」

「馬老爺，不能沒志氣，還沒做就先認輸。」

沒想到研發會的幾個老人，一副慷慨赴義的模樣，附和馬老爺，說：「輸了沒關係，讓祖靈懲罰我們，多個屁眼。」

這怎麼行，未戰先降，而且投降的氣勢很嚇人。這怎麼對得起祖先呢！稍事休息後，討論會才回到之前的主題，如何造出超完美的巨人大便。

然後由雜貨店趙仔、孫仙符仔報告。他們從圖書館借書查閱，花了一個下午埋頭苦幹，找到一堆的書，從種菜栽培、美食烹調、人體消化學，到廁所的演化史，就是缺少米田共研究的書籍。

「為了辦借書證，我們還花錢照大頭照。」雜貨店趙仔、孫仙符仔怒氣未消的說：「又開了蔬果搬運車去借書，因為，圖書館太久沒人借書，要衝業績，害我借了一大落書，花油錢。」

伊姬果仔，醉鬼一個，人如其綽號，整張臉紅通通的像草莓，嘴巴老是銜著酒瓶，他說這叫打點滴。他小號多過大號時間，搞不懂為何參加本會。山阿鵲仔則說他很想講米田共之事，但是剛吃飽飯，算了。至於山牛牯是捏陶師父，他不想講話，養精蓄銳好對付接下來的「捏陶」大業。

「看來，還是要靠國家未來的棟梁，他們是最勇敢的觀察者。」即將退休的王老師從公事包裡抽出一疊資料，放在桌上。大家湊上去看，看到動人畫面。那些紙張，圖文並茂的列出小朋友觀察自己大便的狀況，從前天吃了什麼，到隔天排便的顏色、形狀、糞量都記錄了。

小朋友說，糞便形狀有蛇狀、香蕉狀、草莓粒狀、水波蛋狀，還註明水波蛋是「拉稀」。至於糞量，正常人約兩百克到六百克。糞便顏色，小朋友表示，最棒的是呈現膽汁的黃色，接著是褐色、黑色，至於血紅色是警訊。

「米田共研發會」會員讀完報告，有人喜悅得很，屁股在椅子上打轉。有人若有所思，想起當年幫孫子做蛔蟲檢查時，趴在馬桶，用筷子挾大便，放入白色小塑膠盒的記憶。

捏陶師傅與山牛牯搓著手，說：「來吧！我們來玩陶土吧！就照這些小學生的藍圖做吧！」

「得好好計畫才行，這唐山神兵是鐵巨人，拉的屎鐵噹噹的，千年不化，咱們得考古挖一下才行。」馬老爺趁大家驚訝時，說下去：「這神兵後代是誰？『十項鐵人』楊傳廣呀！他雖然縮水了，還是人才呀！」

如果得考古，依我看，製造這坨屎會讓大家得痔瘡。於是，我廢話不說，動起手「捏陶」了，成分有：

炭灰、煙囪渣，各三斤。

糯米粳、香蕉泥，共二十斤。

番薯葉纖維、南瓜籽，各一斤。

茶葉渣三斤（照理說，巨神兵很節儉，喝完茶，連渣也吃下肚）。

掃把柄五根（廢話，巨人連「牙籤」都不浪費的吃下）。

牙齒五顆（還用說，巨神兵打落牙齒和血吞，怒喊要跟殺人頭的「番仔」拚輸贏）。

再加入獨家ＸＯ醬（其實是作弊，加入強化味道的動物屎）。

最後用兩瓶醬油上色，大鍋子摻合後，透過麻竹管擠出形狀，最後以調黑的乳霜修補完成。來回幾天的操作，我忙到便祕，但屎藝高超了。

還是山芙蓉開花的好日子，陽光溫暖，不過空氣又冷又乾燥。「米田共研發會」的八人製造了一頂轎子，裡頭扛著巨人的「米田共」，走進山地部落。轎子很喜氣，綴了山芙蓉花與紅綵帶，非常招人。一群光著腳板的小孩圍上來，有的拿著塑膠碗，趁隙用竹筷往轎子戳了洞，往裡頭瞧，然後快樂的大喊：

「超完美的便便來了，好恐怖呀！」

更多人來了，我得不時防著人掀布簾。馬老爺一路笑哈哈，不愧是大漢，憑著大嗓門喊：「要劫轎，可得先過我這關，想當年，我可是拿大刀砍日本鬼子的。」我們爬上山腰，到了那座以雲為名的部落，山稜線很高，雲很白，天空好大，永不會下雨的樣子。幾個孩子站在竹編的門坊下，不怕冷的裸著上身，揮起衣，簡直就像雲一樣快樂。

他們太熱情了，辦了熱鬧的接待會，附近幾個部落的頭目都來了。瓦歷斯頭目等太久了，一臉「屎樣」，看到我們到訪後，笑容在臉上豪邁無比，發出驚人笑聲。我們就知道，他等這坨米田共太久，難免犯相思。可是呢！他跑過來不是掀轎子看，而是搭著我的肩，說：「急死我了，我們來吃山豬肉吧！」

中餐豐富又好吃，花了兩個小時。過程中，「米田共研發會」會員的屁股都不耐煩的在椅子上打轉，幾度暗示瓦歷斯頭目可以掀轎子了嗎。因為，歷史性的勝負就在掀轎的剎那呀！可是，瓦歷斯老是說，米田共沒長腳，不會跑。過了好久，連山芙蓉都快凋落了，瓦歷斯和頭目們才去掀開簾子，完全沒有驚喜，只是像照劇本演戲般發出齊一的讚嘆：「新鮮極了，像剛出產的。」圍觀的孩子歡動了，踏地大笑。最後，幾位頭目抿著嘴，被那種糞味吸引了。他們品頭論足，最後伸手挖屎，嗅起來了。

頭目認真鑑賞，討論時猛點頭。他們的結論是：從任何一個角度看來，這是強壯、胃腸好、頭腦清晰、沒有便祕、沒有宿便、有強大怒氣的大便呀！瓦歷斯頭目還在裡頭找到山豬牙，驚嘆這神兵一定是和山豬對咬過。而且，「米田共」頭鈍尾尖，像蛇一樣盤著，從形狀和推擠速度看來，神兵肛門的刀工和收縮力，無懈可擊。

「太棒了，只是顏色要深一點。」瓦歷斯說。

「SK－II喝太多了，你有偷加蕭薔的便便吧！」後頭一位小孩喊。

瓦歷斯表示，他們這些頭目是嚴格的鑑賞家，從目光審核，這米田共是藝術品。但是，真正鑑賞的方式，得用屁股。他強調，米田共從屁股縫產生的，要是屁股縫隙能認得眼前的大傢伙，那才是贏了。

一群人搬來了竹籬笆，把那坨米田共圍起來。瓦歷斯與那群頭目走進圍籬內，也招呼「米田共研發會」會員進去。說真的，我當時可能著魔了，把褲子褪到膝蓋，用屁股對準米田共。不只我，一群人都把褲子褪到大腿，用屁股對準那坨米田共。現場有花紅內褲、四角黑內褲、豹紋內褲、蠟筆小新圖案內褲。我低頭往後看。眾人起先無法進入情境，但是在瓦歷斯頭目的引領下，眾人閉上眼，輕晃屁股，發出美妙的呻吟。恕我用不雅的形容，那簡直是食譜外得另闢章節才能形容，天呀！以宗教情懷評鑑人間美味的盛況。

可是，真糟糕，當我看到那麼多蒼白的屁股搖晃，忍不住大笑起來，屁眼一鬆，頓時有一條鰻魚從我屁股滑走的感覺。我低頭看，那是一坨屎。眾人呻吟的聖樂停止了，站起身看著我，內褲還掛在膝蓋上。

看到他們嚴肅的表情，我把拉上的內褲又褪到膝蓋，以歉意的笑容說：「沒想到，我忍不住了。」

「你這才是對的，看到這麼完美的巨人排泄藝術，要拉屎共鳴才行。」瓦歷斯頭目很認真說，「可是，你看，這麼完美的藝術品，好雖好，卻不及你大腸親自製造的完美。」

我隨即懂得頭目的道理了。我們製造的米田共，外觀是不錯，但就是缺少「靈魂」了。天上飛的蒼蠅，地上爬的糞金龜，都不理那坨藝術品，盡往我大腸製造的那坨爬去，而且，在上頭開舞會了。

「所以，我們輸了。」我臣服了。

馬老爺聽到這句話，精神可來了，向頭目說：「來吧！想當年，我可是拿大刀砍日本鬼子的。多個屁眼，挺得住的。」

「算平手，你們的『米田共』贏了我們，卻沒贏得了蒼蠅的喜好，我看，明年再來一場決鬥。」瓦歷斯說。

「怎麼可能？看，這坨大便很假，哪有長這副德性的，裡頭有菜瓜布、掃把柄、鐵釘，又不是開五金行或雜貨店。」馬老爺靠近瓦歷斯頭目說：「我老老實實的說，我們輸了，就叫祖靈懲罰我吧！讓我脫離苦日子。」

「我看，明年再比一場吧！」

「還要等明年？老子我等不及了。祖靈，您現在就給我個新的屁眼吧！」馬老爺說完，「米田共研發會」有半數以上會員也跟著大喊：「給我一個屁眼吧！祖靈。」然後，所有的山發出回音了。畢竟，他們為便祕這件事苦惱很久了，屁股上能多個新管道發洩，也算是好事呀！

在告別式的故事

聖誕樹上的外星豬

那是七〇年代，我從金門退伍，先坐船到高雄上岸，搭火車回苗栗，之後再轉公車，這時候天色暗透了，還得走一段路才能到三寮坑。時值平安夜，也就是行憲紀念日的前晚。山路沒燈沒火的，我獨自走，累得滿身汗，因為背後揹個棺材大的背包。

說背包有棺材大，假不了的，裡頭塞了屍塊，滲出血水。血水順大腿流，從戰鬥靴滿出來，把我的兩腿以下搞壞了，又腥又黏。其實，我還為肢解這些屍塊感到些無奈，也有些興奮。

這時候，山路那頭亮起燈，溜亮的拐來，共七、八盞，伴著呼嚨響。我精神抖起來了，逆著大燈看不清，但聽到咆哮的引擎聲，像電鋸似地把我震得酥酥麻麻，便知道那是最流行的野狼機車來了，而且來得不孤獨，有一群呢！我趕緊站在路邊目迎群狼。

這群野狼真傲，刨塵而去。忽然間，駕駛們聞到血腥味，煞了車，嘴巴湊在一塊竊竊私語，這才勒回了車頭，停在我面前。其中一位很挑釁，說：「你看什麼看？」

「是啦！我看你能幹什麼。」我罵回去。

幾個人幹譙了我十幾句，窮酸苦辣的詞都潑來。之後，他們翻腿下車，眼睛帶煞的走來，少說也要在我的臉上擺滿二十個鐵拳才能洩憤。我也氣了，雙腳蠻橫的蹬開，把靴子都踩出了血水，褪下大背包。背包在地上響，露出一段青白的腸子。

「裡面裝什麼？」

「死人啦！」

那群駕駛不信。我大笑一聲，便踢正了背包，抓袋底一拉，再抖，一堆像大型迴紋針般軟黏黏、葷腥腥的腸子噴出來，噗咕冒出氣泡，接下來，肝胃等內臟都不嫌遲的跳出，嚇人的斷手斷腳又蹦得遠，但頭顱跑最遠，保齡球似的撞倒了他們。他們尖叫，音量高亢，像穿迷你裙的女人躲著一陣風，樂得我也大笑。很快的，年輕人回過神，發現那不是人屍，而是一套被肢解的豬。

這屍塊的由來是這樣的。我退伍時，盤算買豬肉回家。火車上想，搭公車回三寮坑時也想，忽然，看見路旁的豬寮有隻豬，心想買豬肉吃不久，不如買條豬歡暢到舊曆過年，便下車去挑貨。我闖入幾間農家選，就扭出那條笨傢伙，把錢推上桌給主人，銀貨兩訖，牽豬上路。

這是苦難的開始。那豬沒教養，路上看到女人會抽鼻子，起了性子，口水直流。我心想，這閹豬怎麼還色迷迷的。說也奇怪，不知是多心，還是路人奇異的眼神，讓我有牽豬哥的感覺，後悔花了大把的退伍金，買豬罪受。我想著時，步子一沉，原本人牽豬，反而成了豬拉人，更受路人指點。我惱了，把這隻色胚豬拖到河邊，找了樹藤綁，又拿了石頭砸出石刀子。好了，照浸豬籠那套把公豬悶下水，刀子一捅，結束牠。接著拖上岸肢解，刀子鈍，切得破爛，還用上大石頭砸碎骨頭。

前一刻很囂張的傢伙，這下躺在地上任人戲耍牠的肉體。然而，這簡直是兇殘殺戮。有那麼一刻，我愣在那，心思繚繞：「我幹嘛跟一隻豬過不去，還殺了牠。」我感到自己愚蠢無比。

直到夕陽西下，我嘆了一聲，這下才又塞又折的把屍塊放入大背包，繼續上路，走回三寮坑。

話說回來。那群駕駛被屍塊嚇著，仔細看是豬肉塊，先是傻壞了，然後笑起來，這便澆熄一場火藥互軋的場子，雙方剩下一種敬意似的推肩或叩胸，算是交了朋友。

之後，他們騎車離了去，我揮手告別，還像送情人般給上熱情的飛吻。有好長的時間，我覺得自己真行，喃喃的自豪幾句，得意搖頭，接著放肆大笑。不料上路時，發現被「將軍抽車」。完了，裝屍用的大背袋不見了，被那群人拿走。好一段時間，我杵在原地，感到風好冷，夜好黑，路更長呢！我看著那攤如夢境般被自己嘔吐出的內臟肢體，不知如何是好？

「一次拿回家吧！而且一件也不能少。」我想。可是，怎麼拿回去？哪來的大袋子。

喲！我往路旁的樹林看，那沒有袋子，卻有天然的「置物架」。沒錯，是一株倒在地上的乾枯大樹。我花時間拉出樹幹，用纏繞或掛鉤的方式，把豬內臟與屍塊全部上了樹頭。當然，我也把衣服褪光了，掛在樹梢，別給滴落的血水弄髒了。反正夜黑，沒燈沒火沒人的，沒穿也行。我又累又渴，扛著樹回家，世界下著豬血雨，我頭髮癱瘓，眼皮子幾乎被血黏得張不開。

完了，就在這時，山路那頭又冒出數盞燈，朝這移來。寒風刺骨中，那些燈光多麼扎心，甚至想跳上前去擁抱。不過，我想到自己好狼狽，裸體、血污與屠夫的模樣，任誰遇到都會顫抖。我連忙跳進路旁的圳溝躲，只露出飄滿異臭的枯樹。

來的是一群育幼院的小朋友，手上拎著牛奶罐或竹筒打洞的燭燈，風多麼冷，他們縮著眼，縮著腳，連影子都縮到鞋縫了。帶隊的修女要他們挺起身去報佳音，別歪著步伐。

「看！好屌喔！路邊有棵『鬼樹』。」一位小朋友張大眼，大喊：「它竟然開滿了怪怪的東西。」

「笨蛋，你今天已經第十次說好屌，要講：『喔！買尬』才對。」另一位小朋友指正。

在他們眼前，樹上開滿的不是花，是怪頭、肺葉、內臟。樹藤則是豬大腸與小腸。整株樹不斷的滴血，在風裡抖。小朋友也抖著，手上拎著的牛奶鐵罐燈籠顫晃，他們懷疑自己是掉出聖經之外的書籤，跌入煉獄。

「好屌，你們看。」那個孩子指著暗影中的我，喊：「怪樹是從『怪胎』身上長出來的。」

「第十一次說錯了，請訂正。」另一位小女孩說。

「屌到『喔！買尬』，快看那怪胎。」

沒轍了，蹲在圳溝裡的「怪胎」——我探出頭，只能拚命打眼色，哀求小朋友快離開。

「他是撒旦。」有個孩子尖叫，指控我。

修女大聲阻止：「喔！他不是撒旦。這是耶穌生於馬槽的平安夜，絕對沒有撒旦。」

「他就是撒旦。」他們對修女激動的吼，只為了上帝的死對頭。

「他不是撒旦。」修女吼回去。

「他一定是，鐵定是。」小朋友吼回去，情緒由恐懼變為興奮。我想，他們手摸過聖經後，也許至今未夢見過上帝，卻第一次遇見撒旦，樂到不行。

「小朋友，看清楚，他是人，不是撒旦。」

「沒錯，我是『撒蛋』。」我僵著舌頭。要是在夜裡拿怪樹，不是魔鬼，就是笨蛋。可是太冷了，我舌頭癱瘓，把「傻蛋」說成「撒蛋」，連忙再解釋的結果還是很糟糕：「我剛剛是說，我是純種的『啥旦』。」

「他說他是純種的撒旦，我們贏了。」

小朋友勝利，他們吵贏了。他們眼前的撒旦，抱著開滿了奇異內臟、掛滿恐怖禮物的耶誕樹，弓著背，抖著雞皮疙瘩，躲在圳溝，接受小朋友歡呼。

修女氣呼呼，把燈前移，好照亮眼前的我。她暴怒說，「他是人，看，有眼睛、鼻子、嘴巴、胸部……」燈又往下移，照亮我的肚臍，再下去是男人的私密部位。這出乎修女的想像，她以為眼前的男人至少會穿上一條內褲。但是我沒有，她嚇壞了。

修女尖叫了，那尖叫像命令，令所有的小朋友也尖叫。因為，他們看到了我的「大傢伙」，不，是被冷風嚇得縮水，幾乎不見蛋的小傢伙，那才是真正的撒旦。現場失控了，修女先跑，跑幾步，回頭叫小朋友一塊逃難。

一隊人馬狂逃，現場只留下一位小朋友稱讚：「撒旦爺爺，你好屌呀！現在是我的偶像了。還有，我可以跟你握手嗎？」小男孩跟我握了手之後，興奮的跑了，邊跑邊尖叫：「好爽呀！喔！買尬……」

人都跑光了，四周只剩颼颼的風聲。

我把遺落地上的蠟燭掛上樹頭照明，沿蜿蜒的路回家。

在山路轉折處，撲來個風突，我晃幾下，勉強才抱穩樹。這時我望去，遙遠的山坳有戶人家，淡薄的燈光從窗戶流瀉。此時，我覺得燈光比我更單薄，更淒苦。我多少認識那家的男主人，他現在躺在墳堆，身後留下三個小孩，而女主人此時還在外地加班掙錢。

我轉身往那走去，想給三位孩子幾塊豬肉，貢獻溫暖。我來到門口時，發現竹屋在北風中抖著，比我更寒冷的樣子。而且，燈光與人影從窗縫透出，這一夜好冷，能幫助他們什麼，我也沒有把握。

我把樹頭屯在地上，摘起豬肉，卻搆不著。如果把樹橫在地上就好辦了，但要扶起樹就難了。我把它靠上房牆，從屋角挑了一枝乾柴，跳高些，絕對能勾下幾塊好肉。冷不防，拍歪了，把屋簷拍癱了一角。我繼續幹活時，屋門開了，燈光瀉了出來，三個孩子中的姊姊探出頭，喊：「媽媽妳終於回來了。」她卻看到世上最恐怖的景象。

一個剝光了皮的鬼在眼前。鬼是我，身上滴滿豬血漬，蟾蜍疙瘩似的像個剝皮鬼，全身紅漬漬。接著，另外兩位小男孩也探頭，手上握著太短而必須套在竹管上使用的鉛筆，表情僵硬。由他們驚恐的反應，我知道沒人把我當人看了。

「你，走過來。」我對老三說，手指著他。

小男孩嚇哭了，扶著門柱，身子完全動不了。

「那你過來。」我對老二說。

老二跌坐在門檻上，緊抓旁邊老三的腳，忘了呼吸。

「過來，憨什麼憨。」我有些怒氣的對老二說。

「我來。」姊姊說話了，卻依在牆邊，動不了，幾乎用斷氣的聲音說：「虎姑婆，要吃就先吃我吧！」

「誰是虎姑婆，我是公的，是聖誕老公公。」我大笑。

這項好消息沒有讓三位小朋友雀躍。一個鬼怪模樣的傢伙，相較於身材圓滾滾、火紅大衣、雪白鬍子，甚至灑上古龍水的聖誕老公公，永遠搭不上關係。我的笑聲更是加深了孩子對惡魔的印象。

「我手上的是聖誕樹。姊姊，妳爬上去拿個禮物。」我說。

或許，她心想，要是惹鬼生氣了，會把他們吃光。或許，她心想，掛在樹上的內臟是惡魔從身體掏出來的，惡魔只有皮囊，體內空空的，吃掉姊弟三人絕對沒問題。於是她照我的話，沒有太多猶豫就爬上樹了。

姊姊上樹時間太久了，東挑西撿，越爬越高。我任憑一位十歲小女孩在樹上晃來晃去，得用手扶穩樹，氣力快耗盡了，不快點結束聖誕樹摘禮物的遊戲，我會凍成冰棒。就在我第三次催促時，口氣難免暴怒，這時候樹上忽然掉下一件衣服。

「快點拿禮物，不要把我的衣服丟下來。」我說。

接著，褲子掉下來。

「又拿錯了。」我說。

然後，樹梢陸續掉下了黑影，我一看，是大衣、衛生衣、衛生褲，都是自己的家當呢！

「妳是青瞑了嗎？」我用客語提高了音量，「選禮物是拿塊好肉，有這麼難嗎？來，把那豬腿肉拿下來，就是那，沒錯。」

最後，砰一聲，掉下的是一雙軍靴。那是我穿得血水淋漓，怪不舒服，只好掛上樹頂。

「聖誕老公公，天氣冷，你要穿衣服的。」姊姊在樹上說。

「謝謝，我不冷。」此話不虛，她的貼心令我心暖。之後，我要姊姊下樹。我穿上衣褲與軍鞋，身體更暖，多了幾分氣力。於是，我把樹頭提起，重重的往地上敲十次，落下豬頭、豬心、豬腿等上好肉品給他們當禮物。這十回，是回報姊姊從樹上分十次丟給我禦寒的衣物。

現在，聖誕樹單調了，我離開時也輕鬆多了。

「你一定是爸爸。」追來的姊姊抱著豬頭，顫抖的喊，「你是擔心我們才從地獄偷跑回來吧！你忘記帶走你的頭了。」

我沉默著，頓了腳步。我想起三位孩子的父親是開鐵牛車，載滿從車斗後頭洩出竹尖的桂竹，從山上載下山，繞過蚊香似一圈圈的山路。那鐵牛車豪邁的聲音，咚咚咚，咚咚咚，多麼偉大的鄉野重金屬交響樂，從這山環繞到那山，每座山都豎得高高的聆聽。那男人笑得多闊，眼睛看得多亮，方向盤抓得多緊，腳煞車踩那麼重，可是失靈的鐵牛車還是如此絕望的載他掉下山谷，把他壓得四分五裂。

「爸爸，你也忘記帶走肺了，要怎麼呼吸？」老二高舉豬肺，然後轉頭看著弟弟手中的豬心，又說：「你也沒把心帶走。」

弟弟哭壞了，大喊：「你不要走，爸爸。」

「你不要哭，不要把眼淚滴到爸爸的心，不然爸爸不會安心的走。」姊姊說完，淚流滿面。

沒有比這更悲慘的，不是三位哭泣的孩子，是被退禮物的聖誕老公公。我轉過身，拿起豬頭、豬心與豬肺掛回樹上，說：「你們要好好讀書，孝順媽媽，爸爸就不會回到地獄，而是去天堂，永遠保佑你們。也不要跟任何人提起，爸爸回來看你們，包括媽媽，這是我和你們之間永遠的祕密。」說罷，我繼續上路。

寒夜中，有三位孩子目送我離開，他們熱情揮動的手多麼堅強。這世上再也沒有北風能扳倒他們，何況厄運。

最後，我來到三寮坑，家在不遠處。三寮坑的人口聚集區是三十來戶列在山路兩側。可怕的不是三盞能暴露形跡的路燈，也不是警察，是衝出來吠的狗。如果牠們出現，那些平日只靠這幾隻移動警鈴的警察會從藤椅上跳出來查。之所以躲警察，是那年代宰豬要繳稅，之後官方會在屠體上蓋滿紫色的稅章，未蓋稅章的豬視為私宰，抓到得重罰。

好了，這一路破五關，再也沒有什麼難的了。我把樹放倒，把屠體的零件一個個取下，掛置身上。頭上頂著豬頭，腋下夾著豬腳，其他的用腸子綁在身上，這下子我成了恐怖聖誕樹，以百米速度衝過村子。跑到第二盞路燈時，我被那頭走出的歐巴桑嚇著，雙手天撒，豬體瞬間炸散，人從橋頭翻下深潭去躲藏。

趕到的警察嚇一跳，除了豬心，豬的整套零件都不少，從爛傷口、碎骨頭看來，他說：「這準是一頭努力奔跑到爆炸的怪豬。」警察拿回豬體，吃了案，也吃掉那頭豬。

那第一位目擊的歐巴桑形容得更妙，三十年來老是在說這個故事：外星豬入侵三寮坑，看到她嚇得肛門鬆開，內臟像沖天炮的火花嘩啦啦的噴出來，最後撞上橋頭爆炸了。

天呀！這歐巴桑不是誰，是我媽媽，也就是現在大斂後要去火化的人。我是她的第二個兒子，在公祭場合說出這個故事，希望她會喜歡。事實上，這個外星豬是三寮坑的恐怖傳奇，我至今才揭祕。當然，我媽媽那天撞見的「兩腳外星豬撞橋自殺」不是偶然，是她等不到剛退伍的我回家，多次到村口才遇著。她當場還偷了豬心回家，沾沾自喜了好久。

各位親朋好友，再容許我多說一些。事實上，我發現這幾天到靈堂講故事的人，不論年輕或年長的，來得並不偶然，是我媽媽生前安排他們來的。來說故事的人需要勇氣，聽者也是，因為活著是一件了不起的事，故事是最好的證據，我們都藉此尊重別人的存在。

我記得，我媽媽三年前生一場大病時，她告訴我，她是幸福的。她所謂的幸福是即使一把刀插在腿上，也知道不會再失去更多東西了，而且對明天充滿樂觀，仍有更多的故事會發生，或值得前去聆聽。

各位，這就是我媽媽呀！她的一生是個動人的故事。

跋

這本故事集的來源有兩個方向。其一，是我發表在報章的短篇小說，文長約一、兩千字，再擴充成如今的面貌；另外，則是以說故事的方式表現。沒錯，是用嘴巴說的。

後者可以多說明，但是也沒太複雜。這幾年來，我在台中「千樹成林」兒童作文班教小朋友寫文章，主要以寫故事的方式引領他們。這種寫法是告訴小朋友，書寫沒有想像中的困難之外，還能發揮想像力。小朋友寫故事之前，通常我會先說個故事暖場，算是籌碼。在這種情況下，〈微笑老妞〉、〈嚙鬼〉等篇章誕生了。我記得〈微笑老妞〉最早的聽眾是小學三年級的學生，他們的名字我至今仍記得，是他們催生了這幾篇故事。當然，「說故事」沒有像「寫故事」需要這麼多的描述，但是張力一樣。

這本故事集發生的村莊叫「三寮坑」，有我出生地的生活縮影，不過，「三寮坑」是我想像的地名而已。我生於苗栗獅潭鄉，那裡的山脈青壯，草木在陽光下閃著明亮色調，河流貫穿縱谷，裡面游著魚蝦，以及古怪的傳說。那裡的人文歷史多半是客家人與原住民的衝突，像「屙屎嚇番」，這種膨風、壓榨原住民的傳說也成了我寫作素材。有的故事像〈癲金仔〉則是真有其人的乞丐，五歲時的我還偷拔過他的鼻毛，結果他比我還驚慌的逃走。另外，這本書裡的不少故事取材自我的家族故事，由父母透過不同場合表達「生命教育」的意涵，我經過時間的醞釀才化成篇章。我的父母是這本書的功臣，本書是他們的生命足跡，我只是紀錄者。

最後，這本書的不少篇章用了詼諧幽默筆法，至少我個人這麼認為。希望讀者閱讀後能在陽光下哈哈大笑，暫時忘卻憂愁，人生就該如此。

國家圖書館預行編目資料

喪禮上的故事：甘耀明著. --初版. --臺北市:
寶瓶文化, 2010. 12
面； 公分. --（island；136)
ISBN 978-986-6249-34-1（精裝）

857.63 99025303

island 136

喪禮上的故事

作者／甘耀明

發行人／張寶琴
社長兼總編輯／朱亞君
副總編輯／張純玲
資深編輯／丁慧瑋　編輯／林婕伃
美術主編／林慧雯
校對／張純玲・陳佩伶・呂佳真・甘耀明
營銷部主任／林歆婕　業務專員／林裕翔　企劃專員／李祉萱
財務／莊玉萍
出版者／寶瓶文化事業股份有限公司
地址／台北市110信義區基隆路一段180號8樓
電話／(02)27494988　傳真／(02)27495072
郵政劃撥／19446403　寶瓶文化事業股份有限公司
印刷廠／世和印製企業有限公司
總經銷／大和書報圖書股份有限公司　電話／(02)89902588
地址／新北市新莊區五工五路2號　傳真／(02)22997900
E-mail／aquarius@udngroup.com
版權所有・翻印必究
法律顧問／理律法律事務所陳長文律師、蔣大中律師
如有破損或裝訂錯誤，請寄回本公司更換
著作完成日期／二〇一〇年九月
初版一刷日期／二〇一〇年十二月二十九日
初版七刷+日期／二〇二二年七月五日
ISBN／978-986-6249-34-1
定價／二七〇元
Copyright©2011 by Yao Ming Kan
Published by Aquarius Publishing Co., Ltd.
All Rights Reserved
Printed in Taiwan.

財團法人｜國家文化藝術｜基金會 補助出版

AQUARIUS 寶瓶 文化事業

愛書人卡

感謝您熱心的為我們填寫，
對您的意見，我們會認真的加以參考，
希望寶瓶文化推出的每一本書，都能得到您的肯定與永遠的支持。

系列：Island 136 **書名：喪禮上的故事**

1. 姓名：＿＿＿＿＿＿＿＿ 性別：□男 □女
2. 生日：＿＿年＿＿月＿＿日
3. 教育程度：□大學以上 □大學 □專科 □高中、高職 □高中職以下
4. 職業：＿＿＿＿＿＿＿＿
5. 聯絡地址：＿＿＿＿＿＿＿＿＿＿＿＿＿＿＿＿

   聯絡電話：＿＿＿＿＿＿＿＿ 手機：＿＿＿＿＿＿＿＿
6. E-mail信箱：＿＿＿＿＿＿＿＿＿＿＿＿

   □同意 □不同意 免費獲得寶瓶文化叢書訊息
7. 購買日期：＿＿ 年 ＿＿ 月 ＿＿日
8. 您得知本書的管道：□報紙／雜誌 □電視／電台 □親友介紹 □逛書店 □網路 □傳單／海報 □廣告 □其他
9. 您在哪裡買到本書：□書店，店名＿＿＿＿＿ □劃撥 □現場活動 □贈書 □網路購書，網站名稱：＿＿＿＿＿＿ □其他＿＿＿＿＿
10. 對本書的建議：（請填代號 1. 滿意 2. 尚可 3. 再改進，請提供意見）

    內容：＿＿＿＿＿＿＿＿＿＿

    封面：＿＿＿＿＿＿＿＿＿＿

    編排：＿＿＿＿＿＿＿＿＿＿

    其他：＿＿＿＿＿＿＿＿＿＿

    綜合意見：＿＿＿＿＿＿＿＿＿＿＿＿＿＿＿＿＿＿＿＿
11. 希望我們未來出版哪一類的書籍：＿＿＿＿＿＿＿＿＿＿＿＿

讓文字與書寫的聲音大鳴大放

寶瓶文化事業股份有限公司

（請沿此虛線剪下）

廣 告 回 函
北區郵政管理局登記
證北台字15345號
免貼郵票

寶瓶文化事業股份有限公司　收

110台北市信義區基隆路一段180號8樓

8F,180 KEELUNG RD.,SEC.1,

TAIPEI.(110)TAIWAN R.O.C.

（請沿虛線對折後寄回，謝謝）